ワーズワースの秘薬
恋を誘う月夜の花園

文野あかね

20001

角川ビーンズ文庫

contents

presented
by
Akane Fumino

The Elixir
of
Wordsworth

人物紹介
ユージン・オルブライト
名家・オルブライト伯爵家の若き美貌の当主。
アメリアを突然、自分の屋敷へと引き取るが何か目的があるようで――？
アメリア
引っ込み思案だが、花を育てるのが好き。
母を亡くした後、父にバーンズ男爵家へ預けられた。

ワーズワースの秘薬

The Elixir of Wordsworth

恋を誘う月夜の花園

ディオン

ガラス細工のように繊細な顔立ちの麗人。
ユージンに引き取られたアメリアの前に
“ある目的”のために現れる。

グレン

オルブライト伯爵家の執事。
ユージンの腹心。

スージー

ユージンの屋敷で働くメイド。
アメリアを着飾るのが好き。

テッド

ユージンの従者。
明るく素直な好青年。

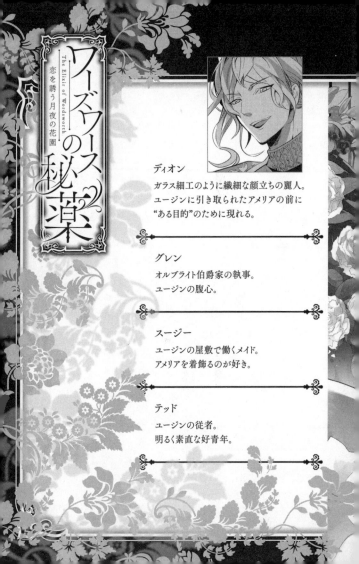

本文イラスト／山田シロ

序章　追憶の歌

アメリア、眠《ねむ》れないの？　シーツに包《くる》まって、まるでみの虫さんね。

昼に父様から怖《こわ》いお話を聞いた？　……まったくあの人はもう。子供相手に、全然加減が分かってないんだから！

ああ、そんな心配そうな顔しないで。アメリアに怒《おこ》ってるわけじゃないのよ。ん？　父様にも怒っちゃだめ？　喧嘩《けんか》しないでって？

分かったわ。優《やさ》しいアメリアに免《めん》じて、父様を許してあげる。

じゃあアメリアが眠れるよう、母様が歌を歌ってあげるわ。母様も、自分の母様から教わった歌で、とってもよく眠れる歌よ。さあ、目を瞑《つぶ》って。

無垢《むく》なる子よ　穏《おだ》やかに眠れ
疑いし心は　月の光で清めよ
五つの夜を越《こ》え　それは浄《あら》われる

無垢なる子よ　健《すこ》やかに生きよ
勇気は常に　日の下《もと》へ照らせ
三つの朝を迎《むか》え　それは更《さら》に輝《かがや》く

無垢なる子よ　強き心を持て
胸に誓《ちか》いの　火を灯《とも》せば
やがて流れ出《い》で　ひとつの大河となる

無垢なる子よ　その手に愛を湛《たた》えよ
家へ掲《かか》げし銀の薔薇《ばら》は　迷い路の先にある

アメリア？　もう眠っちゃったかしら？
明日は一緒《いっしょ》に、お庭に咲《さ》いたラベンダーを摘《つ》みに行きましょうね。
おやすみなさい、愛《いと》しい子。……あなたの瞼《まぶた》に、よき夢が宿りますように。

一章　迎えに来た王子様

その朝、庭先で白く可憐《かれん》な花びらが開いているのを見て、アメリアは小さな笑《え》みを浮《う》かべた。

「良かった。ようやく咲いたのね」

思わず駆《か》け寄って、花の傍《そば》にしゃがみ込む。アメリアが種から育てたデイジーの花だ。ずっと咲くのを楽しみにしてきて、最近はまずこの花を観察する癖《くせ》がついてしまった。花の中心は黄色く、そこから広がる花びらの白さをより際立《きわだ》たせている。

――土が乾燥《かんそう》しないよう、よく見ておこう。

デイジーは乾燥に弱い花で、水が足りないと葉がしなびてしまうのだ。表面の土が湿《しめ》っているのを、指でしっかり確認《かくにん》して立ち上がる。デイジーの姿に目を細めた後、周囲に視線をやった。四方をレンガの壁《かべ》に囲まれた、小さな庭園が広がっている。

ここはロンドンのウェストエンドに建つ、バーンズ男爵《だんしゃく》家の屋敷《やしき》だった。通りに面した屋敷の裏手が庭園となっており、アメリアがこの屋敷で唯一《ゆいいつ》、心安らげる場所でもある。

デイジーの花の傍には、一足先に咲いていたルピナスが揺《ゆ》れていた。こちらは紫色《むらさきいろ》の、堂々とした佇《たたず》まいだ。手を伸《の》ばしかけたその時、背後から声がかかる。

「まあ！　いやだ、ドレスの裾《すそ》が汚《よご》れてるじゃないの、アメリア」

ドクンと心臓が嫌《いや》な音を立てる。先ほどまでの浮き立つような気分が一瞬《いっしゅん》にして消え去り、アメリアはおずおずと振《ふ》り返った。自身を守るように、お腹の前で両手を組む。

目の前にいたのは、バーンズ家の一人娘《ひとりむすめ》であるレイラだった。父親譲《ゆず》りの栗色《くりいろ》の巻き毛を綺《き》麗《れい》に結んでおり、髪《かみ》と同じ色の吊《つ》り上がり気味の瞳《ひとみ》が、不愉快《ふゆかい》そうに歪《ゆが》められている。

「ドレスも指も土だらけで、身なりを全く気にもしないし。まあ、貧相な体に平凡《へいぼん》な顔、極《きわ》めつきにそのくすんだ灰色の髪じゃ、気にかけたところでたかが知れてるけど」

容姿を貶《けな》されるのはいつものことだった。それなのに毎回同じように恥《は》ずかしくなって、世界中の人達から自分を隠《かく》したくなる。レイラの強い視線から逃《に》げるように、顔を俯《うつむ》けた。

地面に落とした視界には、未《いま》だ結《ゆ》い上げられていない自身の灰色の髪が、胸元《むなもと》にかかっているのが見える。レイラとはまったく違《ちが》う、癖のない真っ直《す》ぐな髪だ。紫色の瞳は陰気《いんき》だと言われ、目鼻立ちのくっきりとした美人のレイラと並ぶと、余計に平凡さが強調される顔だった。

「お父様の憐《あわ》れみで、この家に住んでいるだけの他人のくせに」

アメリアは唇《くちびる》を噛《か》んだ。レイラの言う通り、アメリアはバーンズ家と血の繋《つな》がりはない。七歳の時に母親が病死し、父親がこの家にアメリアを養子に出したのだ。

当時のアメリアは、「行きたくない、父様と離《はな》れたくない」と泣きながら父親に懇願《こんがん》した。しかし、父親は娘の願いを聞き入れなかっただけでなく、アメリアを預けて行方《ゆくえ》をくらませてしまったのだ。あれから十年が経《た》とうとしているが、アメリアは父親に会うどころか、手紙さえ受け取ったことはない。

何も言い返さないアメリアに興味を失ったのか、レイラは踵《きびす》を返した。

「その小汚《こぎたな》い恰好《かっこう》をどうにかして。——お父様がお呼びよ」

アメリアの心臓は更に重たくなり、それでも「分かりました」と声を振り絞《しぼ》った。しかしレイラは聞いていないのか、すでに歩き出している。

アメリアの返事など、最初から求めていないのだ。こんな態度をされる度《たび》に、自身の喉《のど》が塞《ふさ》がれていくように思う。

ざわめくアメリアの心を表すように、デイジーが風に揺れていた。

急いで着替《きが》えを終えて応接間に向かうと、すでにバーンズ家の当主であるルイスが、太った体を椅子《いす》にもたせかけていた。くるりとカールを描《えが》いた自慢《じまん》の髭《ひげ》を慎重《しんちょう》に撫《な》でている。

隣《となり》の席には、妻であるキャサリンが神経質そうに扇子《せんす》を扇《あお》ぎながら座っていた。若き頃《ころ》に評判だったという美貌《びぼう》は今なお健在で、自身とそして娘のレイラを着飾《きかざ》らせることを何よりの生きがいとしている。レイラはメイドから受け取ったティーカップを、優雅《ゆうが》な仕草で口元へと持っていくところだった。

「お待たせしてしまい、申し訳……」

「黙《だま》って。お座りなさい」

キャサリンにぴしゃりと言葉を遮《さえぎ》られ、アメリアは唇を引き結んで腰掛《こしか》けた。

こうしてバーンズ家の面々と一緒に座るのは久しぶりだった。アメリアは彼らと一緒に食事をすることを許されておらず、いつも自分の部屋で食べている。食卓《しょくたく》を囲むのは、本当の家族だけだとルイスに言われたからだ。メイドが食事を部屋に持ってきてくれるのだが、気まぐれなのか忘れているのか、時々持ってきてくれない日がある。しかしそれをルイスが咎《とが》めることもなく、アメリアも一食や二食抜《ぬ》かれることに慣れてしまった。

「それでお父様、アメリアまで呼び出して一体何のお話なの？」

レイラが、香《かお》り高い紅茶を一口飲んで言う。邪魔《じゃま》なものでも見るような眼差《まなざ》しに晒《さら》され、アメリアは縮こまった。

「今度、我が屋敷で夜会を開くのは知っているだろう？」

ルイスがぐっと体を乗り出して、レイラに微笑《ほほえ》んだ。

「ええ、もちろん！　社交界でデビューしてから、我が家で夜会を開くのは初めてだわ。すごく楽しみにしているのよ」

十七歳となったレイラは、今年正式に社交界デビューをしている。屋敷の中で家庭教師や専門の教師に、外国語やピアノ、裁縫《さいほう》、礼儀《れいぎ》作法、ダンスなどを教わっていた日々から、一転して華《はな》やかな社交界へと出て行くのだ。貴族の令嬢《れいじょう》にとって、まさに人生が劇的に変化する瞬間《しゅんかん》だ。

一方のアメリアももうすぐ十七歳になり、本来であればレイラと同じく社交界へと出ているはずだった。しかし、未だこの屋敷から出たことはない。社交界に出てもバーンズ家の恥《はじ》になるだけだと言い渡《わた》され、人目から隠すように育てられてきたからだ。礼儀作法は幼い頃から続けて習ってきたが、バーンズ家がアメリアを人前に出すことは決してなかった。

「今回の夜会には、名のある素晴《すば》らしい方々がいらっしゃる。そんな中で、私はとある貴族の方に招待状を送ったんだ。受けてくださるか不安だったんだが、なんと是非《ぜひ》伺《うかが》うと返事を頂いてね……」

ルイスのもったいぶったような言い方に、レイラは我慢《がまん》ができずに言葉を挟《はさ》んだ。

「お父様？　その貴族の方って？」

ルイスは、誇《ほこ》らしげに一人の貴族の名を口にする。

「ユージン・オルブライト伯爵《はくしゃく》だ」

「うそっ！」

カシャン、とレイラのティーカップが音を立てた。しかしその不作法さを咎める者はいない。

本来真っ先に注意するはずの礼儀に煩《うるさ》いキャサリンまでもが、笑みを浮かべている。

「本当なの、レイラ。あのオルブライト伯爵よ！　どんな貴族の招待も今までずっと断ってきたというのに！　きっと、あなたが社交界デビューするのを待っていたんじゃないかしら」

レイラの頬《ほお》がみるみる赤く染まっていく。「うそ、どうしよう！」「だったらあのドレスじゃだめよ！」などと、すっかり落ち着きをなくしている。

興奮するバーンズ家の家族を眺《なが》めながら、アメリアは一人蚊帳《かや》の外だった。ぼんやりと、しきりと口にされる『オルブライト伯爵』という言葉を自分なりに思い出そうとする。

オルブライト伯爵家は、広大な領地を有する名家のひとつに数えられている。領地で羊毛を作り、近年は毛織物産業で富を築いてきた。

──ユージン・オルブライト伯爵は、確か数年前に爵位を継《つ》いだという方よね。社交界に登場するなり、その美しさでロンドン中のご令嬢達の視線を攫《さら》った、という……。

すべてはレイラが夜会から帰ってきて、自分の侍女《じじょ》に語っていた聞きかじりだ。だがアメリアはあまり関心がなかった。アメリアの興味のある美しさとは、ディジーの汚《けが》れなき白さや、庭を彩《いろど》る草花達の可憐さだけだったからだ。

「今度の夜会はバーンズ家の威信《いしん》がかかっている。オルブライト伯爵家と親しくなることができれば、社交界で更《さら》なる繋がりを持てるかもしれない」

不意に、ルイスの栗色の瞳がアメリアに向けられた。

「アメリア、事の重大さは分かったか？」

射すくめるような視線に、咄嗟《とっさ》に言葉が出てこない。するとすぐにキャサリンから叱咤《しった》の声が飛んだ。

「聞かれたらすぐ答えなさい！　まったくのろまね！」

「あっ、申し訳……、あ、ありませんでした」

なんとかして声を出すと、今度はどもってしまう。アメリアは思わず自分の手で口を覆《おお》った。

——ああもう、どうして私って、言われたことすらできないの。

ルイスが呆《あき》れたような顔でアメリアを見た。それから厳しい口調で言い聞かせる。

「いいかアメリア。こんな風にまともに人と会話もできないような人間が、オルブライト伯爵の前に出ていいわけがないだろう？　バーンズ家の恥さらしだ」

くすり、とレイラが笑《え》みを零《こぼ》した。笑われていることに、ますます体が強張《こわば》っていく。

「お前は夜会当日、部屋から出ないように。いいな」

アメリアが頷《うなず》き、返事をしようとした時には、すでにルイスは席を立っていた。キャサリンとレイラも、新しいドレスを仕立てようと立ち上がる。

アメリアは出かかった言葉を飲み込み、ぎゅっと両手を握《にぎ》りしめた。


それから夜会までの約二週間、バーンズ家は上を下への大騒《おおさわ》ぎだった。一番忙《いそが》しかったのは使用人達だ。たくさんの招待客を迎《むか》える準備は、もといるバーンズ家の使用人だけでは足らなくなり、夜会当日を含《ふく》めて臨時の手伝いを雇《やと》うほどだった。

周囲の喧騒《けんそう》はしかし、アメリアには遠い話でしかなかった。夜会当日の朝もいたって変わらず、庭へ出向いて草花の世話をする。

今日はシャクヤクの花が満開になっていた。

「花びらが零れそう」

幾重《いくえ》にもなったシャクヤクの花びらをそっと両手ですくうようにして持ってみた。

芳《かぐわ》しい花の香りと、土の匂《にお》い。葉同士がさらさらと擦《こす》れる音もする。目を閉じて庭を体全体で感じていると、自然と口ずさむ歌がある。

『無垢《むく》なる子よ』で始まるその歌は、母親が、幼かったアメリアを寝《ね》かしつける時に歌ってくれたものだった。囁《ささや》きかけるような歌声と、肩口《かたぐち》を優《やさ》しく撫でられた感触《かんしょく》は今も覚えている。

歌を聞いていれば、もう怖《こわ》いものはなにもなくて、ただ安心することができた。

——母様……。

だが、歌を歌ってくれた母親はもういない。ただ一人の肉親となった父親は、アメリアを捨ててどこかへ行ってしまった。

目を開くと、変わらずシャクヤクの花が手の中で咲《さ》いている。アメリアは、淡《あわ》く微笑んだ。

庭の草花は、アメリアが悩《なや》もうが悲しもうが、そっと佇《たたず》んでいるだけだ。アメリアを慰《なぐさ》める言葉をかけてくれるわけではないが、変わらずにそこにあり続けてくれる。それどころか、手をかければかけるだけ、美しく咲いてくれるのだ。バーンズ家で、アメリアはいなくてもいい空気のような存在だが、この庭だけが自分の存在を認めてくれるような気がしていた。

「全く、レイラお嬢様《じょうさま》には困ったものだよな。前日まで、ドレスが決まらないってゴネて大変だったよ。俺なんて何度、仕立屋までついて行ったことか」

庭園の外から聞こえてきた若い男性の声に、アメリアははっとしてその場にしゃがみ込んだ。木の間からそっと顔を覗《のぞ》きこんでみると、バーンズ家に仕える従者が二人、立ち話をしていた。アメリアに気付いている様子はない。

「それを言うなら奥様だって張り切ってらっしゃるよ。何としてでもレイラお嬢様を、オルブライト伯爵家に嫁《とつ》がせたいんだろう」

苦笑いするもう一人の従者の言葉に、アメリアもここ数日のキャサリンとレイラの行動を反《はん》芻《すう》していた。いつもは屋敷《やしき》で顔を合わせる度《たび》に、アメリアに一言言わずにはいられないレイラも、今回ばかりは構っていられないらしい。連日連夜、キャサリンとドレスや髪形《かみがた》の相談をしていた。

「でもオルブライト伯爵も、どうしてうちの招待だけ受けたんだろうな？　わざわざ爵位が下の貴族の夜会なんて行かなくても、引く手あまただろうに。さてはレイラお嬢様は、どこかでガラスの靴《くつ》でも落としてきたのか？」

有名な物語を揶揄《やゆ》してそう話す従者に、もう一人の従者が笑う。

王子様は、一度きりの邂逅《かいこう》でたった一人の姫君《ひめぎみ》を見つけ出し、二人は幸せに暮らした。お伽《とぎ》噺《ばなし》のような世界だが、オルブライト伯爵が招待を受けたこと、そしてキャサリン達の力の入れ様からすれば、本当になるかもしれない。

だがアメリア自身にとっては、やはりどこまでも遠い話に過ぎなかった。


ウェストエンドの高級住宅街パーク・レーンの一角。

名のある貴族達の中でも選ばれた者だけが住む、豪華《ごうか》な屋敷が建ち並んでいる。

その屋敷のひとつから、一人の青年紳士《しんし》が外へ出て来た。年は二十代前半だろうか。

「いい夜だ」

珍《めずら》しく霧《きり》にけむっていないロンドンの夜空を見上げる瞳《ひとみ》は、深い青色を湛《たた》えている。闇《やみ》を思わせる黒髪《くろかみ》は艶《つや》やかで、短いながらも綺麗《きれい》に整えられていた。なんの瑕疵《かし》も見つけられないほどの目鼻立ちの良さは、見ている人間から現実みを奪《うば》うほどの完璧《かんぺき》さだ。

細身の体はすらりと伸《の》びており、身のこなしは軽《かろ》やかで、適度に鍛《きた》えているのが分かる。

青年が振《ふ》り返って、染《し》みひとつない手袋《てぶくろ》に包まれた手を差し出せば、背後に控《ひか》えていた執事《しつじ》が帽子《ぼうし》と杖《つえ》を渡《わた》す。執事にしては若い年齢《ねんれい》でありながら、動きは洗練されている。

「今頃《いまごろ》、男爵家《だんしやく》では、あなたを手ぐすね引いて待ち受けているでしょうね」

「ご苦労なことだ。我らの姫君さえ見つかれば、すぐにお暇《いとま》するさ」

青年は悠然《ゆうぜん》と微笑《ほほえ》み、門の前に待ち受けていた馬車へ近づいていく。従者の男性が、馬車の扉《とびら》を開いた。

「どんな方なんでしょうね？　俺、今からすごく楽しみです」

キラキラと目を輝《かがや》かせる従者は、頬のそばかすが僅《わず》かに幼さを残す青年で、愛嬌《あいきよう》があり親しみやすさを感じる。

「これは遊びではないんですよ。粗相《そそう》のないように」と執事が厳しい顔で、従者に釘《くぎ》を刺《さ》した。

そして美しい礼で、執事は主人を見送る。

「いってらっしゃいませ」

一人の貴族を乗せて、馬車はゆっくりと動き出した。


バーンズ家の前に続々と馬車が現れ、夜会の始まりを告げる。

色とりどりのドレスに身を包んだ貴婦人や令嬢《れいじよう》達は、まるで風に揺《ゆ》れる花びらのようにドレ

ス の裾《すそ》を揺らしている。アメリアは二階の自分の部屋の窓からそれを見た後、横にあるベッドに腰掛《こしか》けた。

一晩、部屋から出るなと厳命されている。どうやって時間を過ごそうかと考え、ちらりと本棚《ほんだな》に視線を移すが、本を読みたい気持ちにもなれなかった。

——もう眠《ねむ》ってしまおうか。

眠るには少し早い時間だが、これが一番いいことのように思えてきた。起きれば朝になって、また庭園に行ける。

着替《きが》えようと立ち上がった時、部屋の外でガシャンと何かが落ちる音がした。アメリアは部屋の扉を開け、そっと外を窺《うかが》う。アメリアの部屋は二階の一番奥にあるため、長い廊下《ろうか》が見渡せる。廊下の先、階段の踊《おど》り場付近で、一人のメイドらしき女性がしゃがみ込んでいた。

アメリアは躊躇《ためら》いながら部屋を出て、メイドに近付く。

人の気配を感じたのか、メイドがはっとして、向かってくるアメリアに気付いた。

「あっ！　あの、これは……」

顔を真っ青にするメイドはまだ若く、アメリアと同じくらいの年だった。見知った顔ではなかったので、最近臨時で雇われたメイドなのかもしれない。

メイドのしゃがみ込む床《ゆか》に広がっていたのは、美しい薔薇《ばら》の花々だった。横には、東洋物の陶磁器《とうじき》の花瓶《かびん》が転がっている。水が染みた床の絨毯《じゅうたん》は色を変え、薔薇の花びらが無残に散っていた。先ほど聞いた物音は、薔薇を生けた花瓶を落とした音だったのだ。

「も、申し訳ありません……！」

涙目《なみだめ》になるメイドは、ひたすらアメリアに謝るばかりだ。アメリアは、そっとその場に膝《ひざ》を折る。

「あの、服に染みてしまうわ。冷たいでしょう」

懐《ふところ》からハンカチを取り出し、メイドの膝や胸元《むなもと》の、水のかかってしまったところを拭《ふ》いた。夜になれば気温も下がる。このままにしておけば、風邪《かぜ》をひいてしまうかもしれない。

メイドはアメリアのその行動に驚《おどろ》いたように後ずさり、恐縮《きょうしゅく》した様子を見せた。

「私のことなんかどうでもいいんです！　そんなことより、大切な薔薇が……！」

アメリアは、薔薇に手を伸ばそうとするメイドを制した。

「だ、大丈夫《だいじょうぶ》よ。……あの、植物は思ったよりも強いの。茎《くき》も折れていないし、もう一度生ければ、元気になるから」

それを聞いて一度は安堵《あんど》の顔を見せたメイドだったが、すぐにさっと表情が曇《くも》った。

「でも、薔薇の形がかなり崩《くず》れてしまいました。これは夜会の終わりまでに玄関《げんかん》ホールに飾《かざ》るよう言いつけられたものなんです」

確かに、見事な薔薇の形が損《そこ》なわれている。見栄《みば》えという点では、もう使えないだろう。

薔薇はたぶん今日の夜会のために、わざわざ市場で買ってきたものだ。バーンズ家の庭に薔薇は植えていないし、きちんと管理された売り物らしく、棘《とげ》も抜《ぬ》かれて色味も形も整っている。

「どうしよう……。時間までに、同じものを用意するなんてできない……」

声を震《ふる》わせるメイドを見ていた時、アメリアにひとつの考えが思い浮《う》かんだ。

——でもこれは、バーンズ男爵の言いつけを破ることになるわ。

心臓が早鐘《はやがね》を打つ。だがメイドをこのままにはしておけないと、立ち上がった。

「一緒《いっしょ》に来てくれる？　代わりの花を摘《つ》みに行きましょう」


夜の庭園は、昼とはまた違《ちが》った姿を見せる。

珍しく星の見えるロンドンの夜空に視線をやった後、アメリアはメイドを庭の奥へと案内した。メイドはアビーと名乗った。アメリアより一つ下で、ロンドンに来たばかりだと言う。

「これ……。シャクヤクというの。見た目も華《はな》やかだし、さっき見た東洋風の花瓶にもよく合うんじゃないかしら」

アメリアが指差したのは、今日満開となったシャクヤクの花だった。

アビーはまじまじと花を見つめ、「綺麗ですねえ」と溜息《ためいき》を零《こぼ》す。それに勇気づけられ、アメリアは鋏《はさみ》でシャクヤクの茎を切って、必要な分だけ摘んでいく。

「あの、アメリア様はここのご令嬢でいらっしゃるんですよね？」

「え？　そうね、どうかしら……」

曖昧《あいまい》に言葉を濁《にご》すと、アビーが純粋《じゅんすい》な疑問を投げてよこす。

「どうして、夜会に出られないのですか？」

「……そういうの、苦手だから」

さすがにそれ以上追及《ついきゅう》されることはなく、アビーはシャクヤクを受け取りながら頭を下げた。

「本当にありがとうございます……！　なんてお礼を言ったらいいか」

「お礼なんていいのよ。さあ、見つからないうちに、早く行って」

アビーは庭園から出て行きかけると、なにか言い忘れたのか、アメリアの方をもう一度振り返った。

「あのっ。こんな素敵《すてき》なお庭、私初めて見ました！」

そう言うと、今度こそ屋敷《やしき》の中へと入っていった。アメリアは思わぬ言葉に硬直《こうちょく》し、それからじわじわと喜びが体中に染みていくのが分かった。

「素敵なお庭、だって」

庭全体に語りかけるように、呟《つぶや》く。大切な友人を、褒《ほ》められたような誇《ほこ》らしい気分になった。

それに。

「……アビー、今日で仕事終わりなのかしら」

こんなにも人と会話をしたのは久しぶりだった。バーンズ家の使用人達は、アメリアをどこか腫物《はれもの》に触《さわ》るように扱《あつか》っている。アビーが普通《ふつう》に話してくれたのは、アメリアの立場など知らない臨時で雇《やと》われたメイドだからだろう。

——また一緒に庭を見たり……、できないかな。

ささやかな願いが芽生えた時だった。

「何してるの」

いつかの庭での出来事が頭を過《よ》ぎった。アメリアを萎縮《いしゅく》させる声と言葉が、背中に突《つ》き刺さる。

——どうしてここに……。

アメリアの振り返った先には、着飾《きかざ》ったレイラが立っていた。横には侍女《じじょ》の姿もある。

「部屋から出るなとお父様に言われたこと、まさか忘れたとでも？」

「ご、ごめんなさ……」

「正装でもない恰好《かっこう》でこんな場所をうろついて、誰《だれ》かに見られたらどうするつもりなの！　そんなにバーンズ家に恥《はじ》を塗《ぬ》りたいの？　お情けでここに置いてもらってる分際のくせに！」

そこまで言って、レイラはどこか探《さぐ》るような顔になった。

「もしかして、あなたオルブライト伯爵《はくしゃく》に会いたくて、部屋から下りてきたわけじゃないでしょうね？」

違う。アメリアはもう言葉も発せなく、ひたすら首を横に振《ふ》った。だが、それがレイラにはますます疑わしく映ったらしい。

「なんてこと。恥知らずなだけでなく、身の程《ほど》も分かっていないのね！　あなたなんて、万に一つも伯爵の目に留まるはずないじゃない！」


「そんなことはありませんよ」


闇《やみ》に溶《と》けてしまいそうな、甘い声だった。

アメリアとレイラは、そろって声のした方を振り返った。

ゆっくりとこちらに近付いてくる青年に、アメリアは息を呑《の》む。

――綺麗《きれい》な、人。

そんな陳腐《ちんぷ》な言葉しか出てこない。闇に紛《まぎ》れるような黒髪《くろかみ》から覗《のぞ》く青色の瞳《ひとみ》は切れ長で、理知的な薄《うす》い唇《くちびる》には優美な笑《え》みがのっている。

「オ、オルブライト伯爵……！」

卒倒《そっとう》しそうなレイラの声で、アメリアは我に返った。

――この人が、オルブライト伯爵。

社交界では、いい加減な噂《うわさ》や醜聞《しゅうぶん》が数多く存在する。しかし、ロンドン中の令嬢《れいじょう》の視線を攫《さら》ったというこの伯爵の噂は本当だと、今身に染《し》みて感じていた。

「大きな声を出しては、あなたの品位が疑われますよ」

伯爵の指摘《してき》に、レイラは顔を真っ赤にして唇を引き結んだ。よりによって一番見られたくない人に、見られたくない場面を目撃《もくげき》されてしまったのだ。羞恥《しゅうち》に、レイラの体が震える。

「……確かに、礼儀《れいぎ》がなっていませんでしたわ。バーンズ家の者として恥《は》ずかしく思います。伯爵に不快な思いをさせてしまって、申し訳ありませんでした」

「謝るのなら、彼女に」

伯爵の瞳がこちらを向いて、アメリアは直視できずに慌《あわ》てて俯《うつむ》いた。湖面を覗き込んだ時のような、吸い込まれる深い青色の瞳。普段《ふだん》人の目を見ることのできないアメリアにとって、あまりに蠱惑《こわく》的で強すぎる視線だった。

レイラは言い訳をするように早口で返す。

「私は、彼女の軽率《けいそつ》な行動を注意していただけですわ」

「そうですか？　彼女に対してあまりに辛辣《しんらつ》な物言いだったように思いますが」

レイラが言葉に詰《つ》まった。伯爵はそれ以上何も言わず、レイラの次の行動を待っている。

「……言い過ぎたわ、ごめんなさい」

しぶしぶ謝罪したレイラに、アメリアは首を横に大きく振った。

「そんなことより、姿が見えなくなったから捜《さが》していたのですよ。どこにいらしていたんです

か？」

引き攣《つ》った顔で、それでもレイラは、笑顔を作って自分自身を立て直そうとする。レイラがこの庭園を訪《おとず》れた理由は、伯爵を捜すためだったのだと分かった。

「人を捜していました。なぜか会場にはいなかったので、外に出ていたのです」

伯爵は魅惑《みわく》的な笑みをレイラに向けた。レイラの頰《ほお》が瞬《またた》く間に高揚《こうよう》で赤くなる。

「人を……？　伯爵が捜すような方は、会場以外にはいないのでは……」

「いいえ。やはり外に出てみて良かった」

あっさりと、伯爵はレイラから視線を外した。

そして予告なく、アメリアはまた青い瞳に捕《と》らえられた。え？　と思う間もなく距離《きより》を詰められ、まるで彫刻《ちょうこく》のように美しい人は、アメリアの手をとった。

「ようやく見つけた」

手をとられ、他《ほか》の何も目に入らないとばかりに真っ直《す》ぐ見つめられているのに、それでもアメリアは理解できなかった。

——見つけたって、誰を？

「君を迎《むか》えに来たんだ、アメリア」

お伽噺《とぎばなし》の王子様のように、伯爵は微笑《ほほえ》んだ。

夜会を終えて静まり返ったバーンズ家の応接間に、ルイスの声が木霊《こだま》した。ルイスと向かい合わせに座っているユージン・オルブライト伯爵は、まるで自分の家のように優雅《ゆうが》な仕草で足を組んだ。

「アメリアを引き取りたい？」

アメリアを迎えに来たと言ったユージンは、夜会後に男爵《だんしゃく》と話し合いをしたいと申し出てきた。レイラは庭園での衝撃《しょうげき》を引きずりながらも、何とかルイスに取り次いで、現在この場が設けられている。

ルイスの横には困惑《こんわく》するキャサリンと、顔の青ざめているレイラの姿があった。話題の中心にされているはずのアメリアは、未《いま》だ理解が追いついていない。庭園からユージンに促《うなが》されるままにここに連れてこられ、隣《となり》に座らされている。

「伯爵……、それは一体どういう……」

引き攣るルイスの顔を眺《なが》めながら、ユージンは長い指を組んで言った。

「彼女の父親、ロイド・フォーガスは、私の友人なんです。フォーガス氏は自分の娘《むすめ》をここに預けた後、理由《わけ》あって海外へ出ていました。しかし、ようやく用事が片付いたということで、今度ロンドンへ帰ってきます」

——父様が、ロンドンに帰ってくる？

アメリアは眉《まゆ》を寄せた。そもそもアメリアは、父親がイギリスを離《はな》れていたことすら知らない。実の娘が知らなくて、目の前の父親の友人だという伯爵の方が知っているとはどういうことなのか。

「そこでフォーガス氏は、自分の娘ともう一度一緒《いっしょ》に暮らすことを望んでいるんです」

嘘《うそ》、と咄嗟《とっさ》に言葉が出た。小さな声だったが、隣にいるユージンには聞こえたらしい。

「嘘じゃない。フォーガス氏はずっと君を気にかけてきた」

真摯《しんし》な声で語りかけられても、信じられなかった。気にかけているのなら、なぜ今まで一度も連絡《れんらく》ひとつ寄越《よこ》さなかったのか。答えなど分かり切っている。膝《ひざ》の上できつく両手を握《にぎ》りしめ、頑《かたく》なに首を横に振る。

「……嘘です。父は、私を捨てたんです……！」

「——目に見える事実だけが、真実とは限らないよ、アメリア」

アメリアだけに聞こえる、囁《ささや》くような声だった。妙《みょう》に心に残る言葉で、はっと顔を上げる。ユージンの方を窺《うかが》ったが、彼はすでにルイスに向き直っていた。

「彼はまだ仕事でロンドンに戻《もど》っていないので、この私、ユージン・オルブライトがフォーガス氏の代理としてやって来ました」

キャサリンが、ぎゅっとハンカチを握りしめながら言った。

「じゃあ……、じゃあ私達の夜会の招待を受けてくださったのは」

「もちろん、アメリアに会うためですが」

縋《すが》るような目をするキャサリンに、そっけなく返したユージンは、「他《ほか》に何か理由がありますか？」と逆に問うた。娘を嫁《とつ》がせたかったなどと、不敬すぎてとても口にできる話ではない。大きな期待を膨《ふく》らませるだけ膨らませていたキャサリンは、明かされた事実に黙《だま》り込み、レイラはとうとう顔を両手で覆《おお》ってしまった。

「ここに、養子縁組《えんぐみ》を解消する旨《むね》の書類を用意しました。フォーガス氏の署名もすでにされてあります」

ユージンが小さく手を上げると、扉《とびら》の傍《そば》で控《ひか》えていた従者が封《ふう》のされた封筒《ふうとう》を渡《わた》した。アメリアが戸惑《とまど》ったように見つめていると、従者の青年と目が合う。そばかすの散った頰を緩《ゆる》めて、青年はアメリアに小さく笑いかけた。

アメリアは驚《おどろ》いて肩《かた》を揺《ゆ》らし、慌てて前を向く。向いてから、感じが悪かっただろうかと不安になった。いつもこうなのだ。冷たくされるのなら慣れている。だがその逆は、どうしていいか分からない。

封筒から書類を取り出して眺めていたルイスが、呻《うめ》きながら言う。

「ですが伯爵《はくしゃく》。これは随分《ずいぶん》身勝手なお話なのでは？　我々にアメリアを託《たく》したのは、フォーガス氏自身なんですよ？　彼女を立派なレディに育ててくれと言われ、我々は金と手間を惜《お》しまずに与《あた》えてきました。それを突然《とつぜん》返してくれとは……」

ユージンが器用に片眉を上げる。話を聞く気があるのだと思ったのか、ルイスが身を乗り出した。

「我々にとっても、アメリアはすでに家族の一員です。可愛《かわい》い娘と思っていますよ。いつまでだって、ここに居てもらっていいんです」

「なるほど。可愛い娘とおっしゃいましたね。家族の一員だと？」

「もちろんです」

大きく頷《うなず》くルイスに、ユージンが笑《え》みを深くした。アメリアはどうしてか寒気がした。ユージンが今浮《う》かべた笑みは、決して機嫌《きげん》のよい笑みとは思えなかったからだ。そう、むしろ逆の……。

「バーンズ家では、可愛い娘を屋敷《やしき》に閉じ込めて、それを本人の『恥《はじ》』だと責めて社交界に出さないというわけですね。いや、素晴《すば》らしい溺愛《できあい》ぶりだ。なかなか真似《まね》できることではありません」

ユージンの痛烈《つうれつ》な皮肉に、ルイスは横っ面《つら》を叩《たた》かれたように顔を背《そむ》けた。

「それは……、まだ未熟なアメリアの為《ため》を思って社交界に出していないだけで……、ましてや責めるなんてそんなこと、一体誰《だれ》が言っているのです」

「男爵」

しどろもどろのルイスを、ユージンが静かに遮《さえぎ》った。声を荒《あら》らげているわけではないのに、自然と口を閉じてしまうような威圧感《いあつかん》がある。

「私が何も調べずに、ここに来たとお思いですか」

ルイスがごくりと唾《つば》を飲み込んだ。思わせぶりな間をたっぷりととった後、ユージンは視線をルイスに合わせたまま、後ろに控える自身の従者に指示した。

「テッド。アメリアを連れて部屋を出ていろ」

「イエス、マイ・ロード」

テッドと呼ばれた従者が、ゆっくりとお辞儀《じぎ》をしてみせる。それからアメリアの横に立つと、

「行きましょう」と優《やさ》しく促した。

「あの、でも」

アメリアは、バーンズ家の面々とユージンの顔を忙《いそが》しく見返す。

「あとはこの方にお任せすれば大丈夫《だいじょうぶ》です。さ、ご自分の部屋に戻って荷物をまとめましょう？」

穏《おだ》やかな口調だが、命令を遂行《すいこう》しようという意志の強さが感じられる。対してアメリアは、自分の我を通すということができない。アメリアはついに折れて、立ち上がった。

アメリアとテッドを見送った後、応接間にはしばしの沈黙《ちんもく》が流れた。

「さて」

ユージンは口火を切り、長い足を組み直すと、ひたとバーンズ家の人々を見据《みす》えた。

「フォーガス氏は、あなたに自分の娘を預けるために、毎月纏《まと》まった額を送金しているはずです。アメリアが不自由のないよう、健《すこ》やかに生活するためのお金です。あなた達はそのお金を、一体に何に使いましたか？」

ビクリと、ルイスの肩が大げさなほどに揺れる。

「男爵《だんしゃく》は大変賭《か》け事がお好きなようだ。夫人とそちらのご令嬢《れいじょう》は、宝石とドレスでしょうか？そうそう、屋敷の調度品も見事なものですね」

穏《おだ》やかな声色《こわいろ》だが、ひたひたと追《つ》い詰めるような静かな迫力《はくりょく》があった。

「隠《かく》していらっしゃるようですが、賭博《とばく》で借金も抱《かか》えている」

「ど、どうしてそれを……！」

「先ほど申し上げたでしょう？　私はあなた達のことを調べて、今この場にいるのです。アメリアを引き取る際に、双方《そうほう》に何の問題も遺恨《いこん》も生じぬように」

今やバーンズ家の面々は、死刑執行《しけいしっこう》を待つ罪人のような顔になっていた。目の前の伯爵は、神が作り出した奇跡《きせき》のような美しさで、悪魔《あくま》のような恐《おそ》ろしい言葉を吐《は》く。

「借金で首の回らなくなった家だと知れても、親交を深めたいと思う貴族が社交界にいるでしょうか？」

ルイスの口元が歪《いびつ》に引き攣《つ》った。いるわけがないと、ルイス達も分かっているだろう。社交界の付き合いは、建前と打算によって成り立っている。損得を推《お》し量る貴族達の目は厳しく、そして切り捨てる時には容赦《ようしゃ》がない。バーンズ家も、零落《れいらく》していった貴族達をいくつも見放してきた。

はっきりとは言わないが、ユージンはバーンズ家を脅《おど》しているのだった。借金を抱えているとユージンが一言吹聴《ふいちょう》すれば、バーンズ家は社交界から孤立《こりつ》してしまう。

「サインを、男爵」

ユージンは、マホガニーの机の上に書類を滑《すべ》らせた。ルイスは観念した様子でペンを取り、アメリアとの養子縁組を解消する旨を了承《りょうしょう》したのだった。

書類を胸元《むなもと》にしまうと、ユージンは立ち上がった。

「これでアメリアは、あなた達と一切《いっさい》の繫《つな》がりはなくなりました。今ここから彼女は、オルブライト家側の人間となります」

レイラが唇《くちびる》を嚙《か》んだ。それは彼女が、喉《のど》から手が出るほど欲しかった立場だ。怒《いか》りと悔《くや》しさで赤みの差したレイラの頰《ほお》に視線を向け、ユージンがふいに口を開いた。

「いいことを教えてあげましょう」

凄《すご》みすら感じるユージンの笑みを見せられ、バーンズ家の面々は息を呑《の》んだ。

「私は、痩《や》せた人間を見るのがたまらなく嫌《いや》なんです。それが、自身の守るべき人間ならなおさら。……アメリアは、あなたの娘《むすめ》と比べてなぜあんなに痩せているのですか？　食事すら満足にとらせていなかったのですか？」

ルイスは言葉なく、青ざめたまま首を横に振《ふ》るしかなかった。

確かに、メイドがアメリアに食事を持っていかない時があった。ルイス達は知っていてそれを気にもとめず、一食や二食抜《ぬ》いたところで死ぬわけではないと軽く考えていた。

使用人というのは、主人を映す鏡でもある。主人が大切にしない人間を、使用人も軽《かろ》んじる。

バーンズ家はようやく、本当の意味で理解することになる。彼らは、目の前の人物の逆鱗《げきりん》に触《ふ》れたのだ。この先、バーンズ家がこの伯爵に許されることはないだろう。きっと、永遠に。

「二度とオルブライト家に、招待状を送るなどという恥知《はじし》らずな行為《こうい》はしないでくださいね」

冷たい笑みを浮かべて、ユージンは応接間を出て行った。

バーンズ家の屋敷の前では、オルブライト家の紋章《もんしょう》が描《えが》かれた馬車が停《と》まっていた。自分の姿が映りそうなほど丁寧《ていねい》に磨《みが》かれた黒塗《くろぬ》りの扉を、テッドが開けてくれる。

「さあ、アメリア様。どうぞ中に」

アメリアは戸惑った様子で、馬車とテッドを見つめた。自分の身に起こったことを、改めて反芻《はんすう》する。

ユージンに応接間から出るように言われてから、アメリアは自室へと戻《もど》っていた。後をついてきたテッドに、今日から伯爵家に住むことになるから、荷物をまとめるよう言われたのだ。想像もしなかったことが次々起きており、アメリアは理解するだけで精一杯《せいいっぱい》だ。急《せ》かされるまま荷物をまとめ終えて屋敷の外に出れば、馬車と、男爵との話し合いが終わったのかユージンの姿があった。

テッドは、アメリアの後ろに立つユージンに話しかけた。

「アメリア様の荷物は先に別の馬車で送っておきました。といっても、荷物が少なくてびっくりしました」

苦く笑うテッドの言葉には、馬鹿《ばか》にしたような響《ひび》きはない。だが、アメリアは顔が赤くなった。確かに、自分には私物と呼べるものがほとんどない。それがなんだか、自分が無趣味《むしゅみ》で薄《うす》っぺらい人間だと感じられて恥《は》ずかしいのだ。

「全く。これで明日の予定が決まったな。君の両手で抱えきれないほどのドレスを仕立てて、君がもう食べられないというくらい食事をさせよう」

ユージンはそう言いながら、流れるような仕草でアメリアの手を取り、馬車に乗せてしまう。

「あの、本当に、伯爵《はくしゃく》のお屋敷《やしき》に行くのですか？」

「もちろん。バーンズ家の方々も、最後には了承してくれた」

それ自体は不思議なことではない。普段《ふだん》からアメリアを疎《うと》ましく思っていたのだ。お荷物が消えて清々しているのかもしれない。アメリアが屋敷から出て行く時も、顔すら見せなかった。

十年間育った家とそこに住む人々との別れは、驚《おどろ》くほど急で、あっけないものだった。

「アメリア」

ふと名前を呼ばれ、青い瞳《ひとみ》と目が合う。

「突然《とつぜん》の話で君が戸惑《とまど》うのも分かるし、環境《かんきょう》が変わって不安に思う気持ちも理解しているつもりだ。その不安を少しでも軽くするために、私も力を尽《つ》くそう。だから、私の屋敷に来てほしい。君の父上に、会ってほしいんだ」

「……はい」

父親に対するわだかまりは当然あるが、ここで首を横に振って意味があるとも思えない。

静かに馬車が動き出して、アメリアは思わず窓から屋敷を見つめた。

「あの庭園は、君が作ったものだそうだね」

アメリアの心の内を見透《みす》かしたように、ユージンが言葉を放つ。

「どうして、それを」

「バーンズ家の使用人に聞いた。美しい、いい庭だ」

情景を思い浮《う》かべているのだろうか、ユージンが口元を緩《ゆる》めた。そういえばアメリアとユージンが初めて顔を合わせたのは、あの庭園だった。そして、ユージンと会ってから数時間しか経過していないのだと再認識《さいにんしき》させられる。

「ロンドンの喧騒《けんそう》の中で、あの庭園だけが本当に小さな森のようだった。人工的な感じが少しもしない。過剰《かじょう》に飾《かざ》り立てていない分、素朴《そぼく》な花ひとつひとつの魅力《みりょく》に気づかされる」

アメリアが目を丸くしていると、ユージンが微笑《ほほえ》んだ。

「言っておくが、お世辞じゃない。君は庭造りの才能があるよ」

——今日で二人目だわ。庭を美しいと言ってくれた人は……。

本当のことを言ってくれているのだと、アメリアにも分かった。青い瞳に嘘《うそ》はない。アメリアの心が、嬉《うれ》しさで震《ふる》えた。

「あ、ありがとう……、ございます」

面映《おもはゆ》い気持ちになりながら何とかお礼を言うと、今度はユージンの方が目を瞬《またた》かせてアメリアを見ていた。おかしな表情だったのかと思い、慌《あわ》てて顔を俯《うつむ》ける。

「なぜ隠すんだ？　せっかく君が初めて笑ったのに」

……笑った？　私が？

思わず、ひたりと自分の両頬を手で押さえてしまう。

「隠すなんてもったいない。顔を上げて、もっと笑ってくれ」

楽しそうな声色《こわいろ》が頭上から降ってくる。からかわれているのだと分かったが、何も言い返せない。悔しいが、怒《おこ》ることも上手《うま》くできないアメリアは、馬車に乗っている間中、ユージンのからかいを受けることになった。

そのおかげで、慈《いつく》しんできた庭への寂《さび》しさや恋《こい》しさが紛《まぎ》れていたのだと気付いたのは、彼の屋敷に着いてからだった。

「お帰りなさいませ」

折り目正しく執事《しつじ》が頭を下げ、主人を屋敷へと迎《むか》える。

ユージンの後ろについて、オルブライト家の屋敷に足を踏《ふ》み入れたアメリアは、言葉なく周囲を見やった。

玄関《げんかん》ホールには、絵画が計算された配置で飾られ、等間隔《とうかんかく》で陶磁器《とうじき》が並べられている。壁《かべ》を走るように彫《ほ》られた蔦《つた》や花の模様は、すべて黄金で装飾《そうしょく》されていた。ホールからせん状に上がっていく階段は、見上げればわずかなズレもないことが分かる。欄干《らんかん》はオークでできており、毎日磨かれているのだろう、滑《なめ》らかな光沢《こうたく》を放っていた。

――すごいお屋敷……。どうしよう、足が震える……。

男爵家《だんしゃく》も、贅《ぜい》を凝《こ》らした屋敷だった。しかし、伯爵家は広さや質をとっても段違《だんちが》いだ。アメリアは自分の胸元《むなもと》に手をやって、自分の場違いさをまざまざと思い知る。とんでもないところに来てしまったと、回れ右をして屋敷から出てしまいたくなった。

「グレン。彼女がアメリア・フォーガスだ」

しかし、それより先にユージンが執事に向かってアメリアを紹介《しょうかい》してしまう。

「お初にお目にかかります、オルブライト家にて執事をしております、グレン・オルコットと申します」

ユージンより少々年嵩《としかさ》の青年だったが、どっしりと落ち着いた物腰《ものごし》はさすが名家の執事と言わしめるものだった。

アメリアは慌てて頭を下げる。

「初めまして、アメリア、……フォーガスと申します」

父親の姓《せい》を名乗るのには抵抗《ていこう》がある。だが、バーンズ家とも縁《えん》の切れたアメリアが名乗れるものはこれしかなかった。

「アメリア様、執事に頭を下げる必要はございません。ユージン様の大切なお客様として、精《せい》一杯《いっぱい》務めさせていただきます」

深く腰を折ったグレンに、アメリアは恐縮《きょうしゅく》しきりだった。なにもかもが、バーンズ家と違う。

「あの、父は……？」

疑問を口にすると、ユージンが答えてくれた。

「バーンズ家でも話したが、彼はまだ国外での仕事が終わっていないんだ。イギリスに戻ってきたら連絡《れんらく》が来るはずだから、それまで君にはこの屋敷に滞在《たいざい》してもらう」

十年間音信不通だったのに、本当に会えるのだろうか？　疑わしさだけしか感じなかった。

「グレン。まずは彼女に、温かいスープでも用意してくれ」

ユージンが、帽子《ぼうし》と杖《つえ》を渡《わた》しながら言った。アメリアは驚いて、おろおろと二人を見やった。もう夜もだいぶ更《ふ》けていて、これから料理を用意してもらうなど申し訳ない。

「あ！　の、」

ユージンとグレンの視線が集まって、アメリアの喉《のど》が詰《つ》まる。思ったよりも大きい声が出てしまった。どうしよう、早く何か言わなければと焦《あせ》れば焦るほど、言葉が出てこなくなる。のろまだとキャサリンに叱咤《しった》されたことを思い出し、じわりと冷や汗《あせ》が滲《にじ》んだ。

「うん？　なんだい」

ユージンが優《やさ》しく促《うなが》す。それ以上アメリアを急《せ》かすこともなく、ただ待っていてくれる。アメリアは呼吸を整えて、ようやく言った。

「……あの、食事は結構です。お腹《なか》も空《す》いていませんから……」

「バーンズ家で最後に食事をしたのはいつ？」

かぶせるように言われた質問に、面食《めんく》らいながらも内心首を傾《かし》げる。いつだっただろう。確か、今日の朝だったはずだ。昼や夜は夜会の準備で忙《いそが》しくて、誰《だれ》もアメリアの部屋にやって来る者はいなかった。

正直に言いかけて、はたと口を閉じる。こんなことを言えば、ユージンは食事を用意しようとするだろう。なぜか分からないが、アメリアが朝昼晩ときちんと食事をしていないことを知っているのだ。

口を噤《つぐ》んだアメリアを見て、ユージンが低く笑う。

「沈黙《ちんもく》か。賢《かしこ》い子だ。だが、それこそが後ろ暗いことがあると言っているようなものだよ。グレン、食事の用意だ」

今度こそ有無《うむ》を言わさない口調で、ユージンはグレンに命じた。

スープを振《ふ》る舞《ま》われた後、アメリアはユージンとグレンに伴《ともな》われて、部屋を案内されていた。

「ここは書斎《しょさい》」とか「こっちはダイニングルームで」などと説明されるが、部屋数が多すぎて全く覚えられない。

「さあ、ここが君の部屋だ」

ようやく通された部屋は、白を基調とした上品な部屋だった。壁紙《かべがみ》は小花柄《こばながら》で、年頃《としごろ》の女性らしさで溢《あふ》れている。広さはバーンズ家の部屋の三倍はあった。

「足りないものがあれば、なんなりとお申し付けください」

グレンの言葉に、アメリアはとんでもないと首を横に振った。十分すぎるほどすべてが足りている。

「アメリア。私はフォーガス氏から、君の面倒《めんどう》を見るよう頼《たの》まれている。いわば私が君の保護者代わりだ。一人で許可なく外に出掛《でか》けるようなことは、しないで欲しい」

アメリアはおずおずと頷《うなず》いた。もちろん、そんな勝手な振る舞いをするつもりはない。

「それから、夜眠《ねむ》る時は、必ず部屋の鍵《かぎ》をかけること」

「鍵……、ですか」

ピンと来ずに首を傾げるアメリアを見て、ユージンは少し黙《だま》った後、アメリアの耳元に口を近づけた。

「私が、夜に君の部屋を訪ねてきてもいいのなら、かけなくていい」

「……え……、えっ⁉」

言葉の意味が頭に染《し》み込むと同時に、アメリアは真っ赤になって動揺《どうよう》した。

「ユージン様。そのようなからかいは、紳士《しんし》のなさることではありません」

グレンに窘《たしな》められたユージンは、しかし懲《こ》りることなく「どうする？　鍵をかけるかい？」

と聞いてくるので心底狼狽《ろうばい》してしまう。

「か、かけます……！」

「よろしい。その危機意識を忘れないように。ではアメリア、いい夢を」

夢に出てきそうな魅力的《みりょく》な笑《え》みを浮《う》かべて、ユージンはグレンと共に部屋から出て行った。

アメリアは顔を熱くしたまま、へなへなと横にあるベッドに座り込む。柔《やわ》らかく、だが確かな弾力《だんりょく》のあるベッドは寝心地《ねごこち》がよさそうだ。

改めて、部屋の中を見回す。

「……私、何やってるんだろう」

今日一日で、アメリアが見つめる風景は一変されてしまった。それが良い事なのか悪い事なのか、今はまだ分からないままだった。


アメリアが疲《つか》れ切って眠ってしまった頃、オルブライト家の書斎には、三人の男性の姿があった。

書斎の中央の椅子《いす》に座っているのは、この屋敷《やしき》の主《あるじ》であるユージンだ。

「バーンズ家はもともといい評判の貴族ではなかったが、実際見てみれば想像以上だったな」

強欲《ごうよく》さが透《す》けて見えるようなルイスの笑みと、阿《おもね》るようなキャサリンの視線を思い出して、ユージンは口元を歪《ゆが》める。

「あのまま放っておいたら、アメリアは『奴《やつ》ら』に見つかる前に、バーンズ家に殺されていただろう」

年頃の娘《むすめ》にしては、肌《はだ》も白く痩《や》せすぎているアメリア。同じ家に住んでいるはずのレイラの血色の良さとは、比べるべくもない。だがあの線の細い儚《はかな》さが、アメリアを神秘的に見せているのは確かだった。

とにかく食事を出さないなど、ユージンにとっては一番許せない仕打ちだ。生きるための『食』を得られなかった人がどうなってしまうのか、ユージンは身に染みて知っている。どれほど悲惨《ひさん》なものか、閉じ込めていた記憶《きおく》が溢れそうになって、きつく瞼《まぶた》を閉じることで抑《おさ》えた。

「随分《ずいぶん》、他人を怖《こわ》がっておいでのようでした」

ユージンの前に置かれたグラスにワインを注ぎながら、グレンが言葉を挟《はさ》む。

「男爵《だんしゃく》や夫人に色々言われてきたんでしょうね、十年間も。……はああ。想像するだけで気が滅入《めい》りますよ」

壁《かべ》に体重を預けて立っているテッドが、重い溜息《ためいき》を吐《つ》きながら言った。

「あまり笑顔がないし、正直、幸せそうな感じは受けませんでした」

本当に感じたままを答えるテッドに、ユージンは苦笑《くしょう》する。

「幸せか不幸せか決めるのは本人だけだと分かっているが、今回は私もテッドと同意見だ」

どこか自分の人生を諦《あきら》めたような、アメリアの横顔が思い浮かぶ。

「とにかく、アメリアは保護した」

ユージンは意識を切り替《か》え、両手を組んだ。

「彼女は、何か知っているでしょうか？」

グレンが思案げな表情を浮かべた。

「それはまだ分からない。だが、フォーガスの言う通りならば、重要な鍵《かぎ》を握《にぎ》っているのはアメリアだ。なんといっても彼女は、あのワーズワース家の唯一《ゆいいつ》の生き残りなのだから」

ユージンの言葉に、グレンとテッドが静かに頷く。

ユージン達がずっと渇望《かつぼう》し、まさしく血眼《ちまなこ》になって探してきたものを、その手に握っているかもしれない少女。

この屋敷にアメリアを招いたことは、彼女にとっても、ユージン達にとっても大きな賭《か》けだ。

――いや。明らかに、彼女の方に分が悪いだろう。

ユージンは、今は眠っているだろう、何も知らないアメリアに思いを馳《は》せた。どうか今だけでも、穏《おだ》やかに夢を見てほしいと願いながら。

二章　箱庭の中の幸せ

翌朝、目が覚めたアメリアは、見知らぬ天井《てんじょう》をしばし眺《なが》めて眉《まゆ》を寄せた。寝《ね》ぼけた頭がようやく昨夜の記憶を連れてくると、飛び起きる。

「そうだ、私！　い、今何時……？」

ベッドの脇《わき》に置かれた棚《たな》にある置時計は、九時を指していた。部屋にひとつある窓に視線をやると、カーテンから少しだけだが、光が差している。

アメリアはベッドを下りて、窓に近付いた。ビロードのカーテンを両手でかき分けるようにして開くと、留め金を外して窓を開けようとする。

窓の扉《とびら》は思いのほか重く、腕《うで》に力を込めて外に向かって開け放った。木枠《きわく》にうっすら埃《ほこり》がついているのを見て、最近開けた形跡《けいせき》がないと分かる。この客間自体、あまり利用されていなかったのだろう。

窓から顔を出し、外を一望した。見慣れない風景に、思わず息を吐《は》く。

「……ああ。本当に私、バーンズ家から出て来ちゃったのね……」

昨日の出来事は、やはり夢ではなかったらしい。オルブライト家に負けず劣《おと》らずの豪奢《ごうしゃ》な屋敷が建ち並ぶ中、西側を見るとハイド・パークの美しい緑の芝生《しばふ》を見下ろすことができる。

アメリアは窓から離《はな》れ、部屋のクローゼットを開いた。アメリアがバーンズ家から持ってきた服が、きちんとかけられている。服を着て、手早く髪《かみ》を整えた。

丁度その時、控《ひか》えめなノックの音がする。

「おはようございます、アメリア様。入ってもよろしいですか？」

「は、はい！　どうぞ」

グレンの声だった。アメリアは返事をしながら、そういえば部屋の鍵を締《し》めていたことに気付く。慌《あわ》てて駆《か》け寄り、鍵を開けた。

グレンはそっと扉を開け、部屋の奥にある開け放った窓を見て、少し眩《まぶ》しげに目を細めた。

「食事の準備が整いましたので、ダイニングルームへどうぞ」

グレンの後をついて行きながら、アメリアは昨日落ち着いて見ることのできなかった屋敷をしげしげと観察し、改めて、洗練された調度品や部屋数の多さに驚《おどろ》かされる。

色々なものに気を取られていたせいか、あっという間にダイニングルームに着いた。

「おはよう。昨日はよく眠れたかい」

一足先に部屋で新聞を読んでいたユージンが、そう言って微笑《ほほえ》む。朝から何の乱れも感じさせない、完璧《かんぺき》な服装と容貌《ようぼう》だ。

「おはようございます、伯爵《はくしゃく》。あの、はい、よく眠れました」

ぎこちなく答えて、椅子を引いてくれた使用人に軽く頭をさげて座る。すぐに、良い香《かお》りの紅茶が振《ふ》る舞《ま》われた。

「食事の後に、フォーガス氏が君に宛《あ》てた手紙を見てもらいたい。これを読めば、君の疑問も少し解消されるんじゃないかと思うよ」

アメリアはティーカップを持つ両手を止めて、ユージンを見つめた。

「父からの手紙、ですか？」

「ああ」

「その、できれば今すぐ読みたいです」

一体どんなことが書いてあるのか、反発心はあるものの、知りたい気持ちは抑えられない。

「だめだ、食事が先」

しかし、ユージンは思わず前のめりになるアメリアを、そっけなく制した。

「でも、昨日夕食をいただいたので、お腹《なか》も空《す》いていませんし」

アメリアなりに必死に催促《さいそく》してみたが逆効果らしく、ユージンは不機嫌《ふきげん》そうに顔を歪めた。

「君がどんな生活をしてきたのか、その暮らしぶりが想像できる台詞《せりふ》だな。いいかいアメリア。食事は夜もとるが、朝だってとるものなんだ。さあ、君は食事に専念したまえ。これ以上バーンズ家の仕打ちを話すようなら、私は彼らを消しに行かなければならなくなるよ？」

消す、という言葉が具体的に何を指しているのかは分からないが、不吉《ふきつ》な響《ひび》きは感じ取った。

「……朝食、いただきます」

「それがいい。私を犯罪者にしないでくれて、ありがとう」

ぎょっとするような冗談《じょうだん》を言ってユージンは満足げに頷《うなず》くと、自身は紅茶を飲みながら再び新聞に視線を走らせる。

「伯爵は、朝食は……？」

「私はもう食べたよ」

紅茶しか置かれていないユージンのテーブルを見て言うと、あっさりと答えが返ってきた。

アメリアは急いで朝食を食べ終え、ユージンから手紙を受け取った。

「これが、フォーガス氏が君に宛てて書いた手紙だ」

アメリアへ、で始まるその筆跡《ひっせき》を見ても、自分の父親が書いたものかは判断できなかった。

その事実こそが、アメリアと父親が共に過ごした時間がいかに短かったかを物語っている。

『アメリアへ

今この手紙を読んでいるということは、オルブライト家に滞在《たいざい》しているのだろう。突然《とつぜん》バーンズ家から出てきて、驚いているだろうな。すまない。

私がお前をバーンズ家に預け、十年もの間連絡《れんらく》もしなかったこと、これには理由がある。

実は私と、そしてオルブライト伯爵は、ある秘薬の作り方を探しているのだ。これはお前の母方の一族に伝わる薬で、代々継承《けいしょう》されていくものらしい。どんな薬なのかは手紙ではなく、会って話すつもりだから、もう少し待っていてくれ。

この手紙を書いたのは、お前にオルブライト伯爵を信用してもらいたいから、という理由と、お前にその秘薬の作り方について母親から知らされていないか、思い出してほしいからだ。

お前が母と暮らした七年間で、薬の調合を教えてもらったことはないか？　それを記した紙をもらったことは？

私がお前に会いにロンドンに行くまでに、どうか思い出してくれ。お前に会ったら、すべてを話そう。そしてどうか謝らせてほしい。

愛している、アメリア。

ロイド・フォーガス』

手紙を読み終えたアメリアは、困惑《こんわく》した声を上げた。

「……秘薬？」

「心当たりはないかい？」

すぐさまユージンが聞いてくる。見返すと、ユージンだけでなく、グレンまでもが真剣《しんけん》な眼差《まなざ》しでアメリアを見ていた。

「薬の話なんてしてもらった記憶《きおく》はないです。ましてや調合なんて……。母は草花が好きでしたけど、それで薬を作ったりするわけじゃありませんでした。せいぜい、ポプリを作ったりとか、その程度です」

あからさまに、グレンが落胆《らくたん》した表情を浮《う》かべた。ユージンもじっと何かを考え込むように、椅子《いす》にもたれかかる。

「あの、薬って。どなたかご病気なんですか？　それとも怪我《けが》をしているとか」

「……いや。病気とは違《ちが》う」

告げるユージンの声は低い。

「じゃあ、一体なんの薬なんですか？」

「手紙に書いてあるだろう？　それはフォーガス氏が会って話すと。私達からは今は言えない」

奇妙《きみよう》な話だった。思い出してほしいと言いながら、一番肝心《かんじん》なことは教えてくれない。アメリアはもう一度、「心当たりはありません」と言うしかなかった。

場の空気が重たくなったのを肌《はだ》で感じる。二人を失望させたと分かり、胸が苦しくなった。

アメリアはぎゅっと両膝《りょうひざ》に置いていた手を握《にぎ》った後、覚悟《かくご》を決めて立ち上がった。

「あの、お世話になりました」

「は？」

ユージンとグレンが、揃《そろ》って目を瞬《またた》かせる。

「食事やお部屋まで頂いたのに、お役に立てず申し訳ありませんでした。荷物をまとめて、すぐ出て行きますので」

　頭を下げて、ダイニングルームを出ようと歩き出した。

「ちょ、ちょっとお待ちください！　荷物をまとめるとは……？　勝手に一人で屋敷《やしき》から出られては困ります！」

　グレンがアメリアの前に立ちはだかる。慌てた様子のグレンに、アメリアは戸惑《とまど》う。

「でも、私は薬の調合なんて知りません。ここに私を置いておく意味がありません」

「ここを出て行って、どこに行くつもりなんだ？」

　静かなユージンの声に、アメリアの肩《かた》が揺《ゆ》れた。

「バーンズ家にはもう戻《もど》れないよ。家族は父親しかいない君が、行く場所などないはずだ。身寄りのない女性がロンドンの街を彷徨《さまよ》って、一体どうなるか知っているかい？」

　具体的には分からない。だが、想像するその何倍も辛《つら》いだろうということは、なんとなく分かった。アメリアの表情が曇《くも》ったのを見てとり、ユージンが続ける。

「そう、君は馬鹿《ばか》じゃない。一人でもやっていけるなんて無謀《むぼう》な考えを持っているわけではないだろう。大変な目に遭《あ》うと分かっている。それでもあっさりここを出て行こうとする、その思考がね、腹立たしいんだよ」

　ドキリとした。ユージンは今、アメリアに怒《おこ》っている。だがなぜか、ルイスやキャサリン、レイラを前にした時のような恐怖《きょうふ》は感じなかった。

ユージンはゆっくり椅子から立ち上がり、アメリアの前に立った。

「もっと自分を大事にしなさい。いいね？」

重々しく言われたその言葉を聞いて、アメリアはようやく気づいた。ルイス達に怒られた時と違って怖《こわ》くないのは、ユージンがアメリアの為《ため》に、怒ってくれているからだ。

「はい……」

アメリアが答えると、ユージンの表情が和《やわ》らぐ。次いで大げさに肩を竦《すく》めてみせた。

「そもそも、屋敷を出て行ってくれなんて一言も言っていないだろう？　まったく、朝から驚かさないでくれないか。見てごらん、グレンなんてまだ突《つ》っ立ったままだ」

面白《おもしろ》そうに横にいるグレンを指差すと、グレンはきゅっと唇《くちびる》を引き締《し》めて執事《しつじ》の顔に戻った。

「取り乱してしまい、申し訳ありません」

首をぶんぶんと横に振《ふ》ると、グレンがまたアメリアを椅子までエスコートしてくれた。ユージンも再び椅子に腰《こし》を下ろす。

「アメリア、君は薬の調合を知らないと言うが、それは今、心当たりがないというだけだ。この屋敷で過ごすうちに、思い出すこともあるかもしれない。どんな些細《ささい》なことでも構わないから、思い出したら私に教えてほしい」

アメリアが小さく頷くと、ユージンは話題を変えるように手を叩《たた》いた。

「さてアメリア。今日の夜は私に付き合ってもらうよ」

「え？」

「言っただろう？　君の両手に余るほどのドレスと、食事をさせると」


その日の夜、ユージンは予告通りにアメリアを仕立屋へと連れ出した。ユージンと一緒《いっしょ》ならば、屋敷から出てもいいらしい。従者であるテッドも一緒だ。ドレスなどいらないと遠慮《えんりょ》するアメリアを、半ば無理やり馬車に乗せてしまった。

ボンド・ストリートに建ち並ぶ店は、すべてが一流の高級店ばかりだ。その一角にある仕立屋に入ったユージンは、アメリアを店員に引き渡《わた》して言った。

「彼女に似合うドレスを。そうだな、とりあえず十着あればいい」

アメリアは仰天《ぎょうてん》して倒《たお》れそうになった。貴族御用達《ごようたし》の店だ、ドレス一着にいくらかかるのか、恐《おそ》ろしくて考えられない。すぐさまユージンを止めにかかる。

「い、いりませんから！　というか、着るものはバーンズ家から持ってきていますし！」

「服は、いくつあっても困ることはないよ。ほら、これなんてどうだ？」

「さすがオルブライト伯爵《はくしゃく》、お目が高いですわ。そちらのドレスの生地《きじ》は、レースがふんだんにあしらわれておりまして……」

ユージンはアメリアの狼狽《ろうばい》をものともしないし、店員は上客の来店に満面の笑《え》みだ。

「私には似合いませんよ！」

「そう言うなら着て見せてくれ」

「着なくても想像すれば分かるでしょう！」

「君が今よりもっと綺麗《きれい》になる想像しかできない」

「ありえません……！」

「ほら、だったらやはり着て見せてくれ。そうして私の想像を打ち消してくれたらいい」

ああ言えばこう言う。アメリアの拒否《きょひ》をのらりくらりと躱《かわ》して、結局は言う通りにさせてしまうのだ。

ということでアメリアは別室にて、店員にドレスを着せられることになった。

「まあ、ウエストが細くて羨《うらや》ましいですわ」

店員がにこにこと微笑《ほほえ》みながら、コルセットをこれでもかと締めつけてくる。令嬢《れいじょう》は一インチでも腰を細く見せたいものらしい。だが、アメリアは褒《ほ》められても、貧相な自分の体が恥《は》ずかしいだけだった。

ドレスの次は髪《かみ》を整えられ、化粧《けしょう》まで施《ほどこ》される。店員はああでもないと色々試行錯誤《さくご》してくれるが、アメリアは疲《つか》れ切って、もうどうにでもしてくれという状況《じょうきょう》になっていた。

それでも、部屋から出てユージンの前に出て行く寸前で、羞恥心《しゅうちしん》がぶり返してきた。

「あの、やっぱり脱《ぬ》いでもいいですか……？　私じゃ、このドレスに申し訳ないです。ドレスの引き立て役にすらなってない……」

「何をおっしゃっているんですか！　さ、伯爵がお待ちです」

店員に背中を押され、椅子に座ってテッドと談笑《だんしょう》していたユージンの前に立たされる。

——ああ、どうしよう。きっと笑われる！

「いかがでしょう、伯爵？　自信作ですわ！」

ユージンは目を見開いて、アメリアを凝視《ぎょうし》した。テッドはぽかんと口を開け、同じく不躾《ぶしつけ》なほど見つめてくる。

「……アメリア」

しばらくして、ユージンが感じ入ったようにアメリアの名を呼ぶ。

「は、はい」

「謝ろう。確かに私の想像は間違《まちが》っていた」

「分かってます。似合わないのは十分分かって……」

俯《うつむ》いたアメリアの視界に、綺麗に磨《みが》かれたユージンの靴《くつ》が映った。

「違う。想像以上だ」

砂糖をまぶしたような、甘い声だった。意味が分からず、アメリアは困惑《こんわく》した顔でユージンを見てしまう。声よりも甘い笑みがそこにはあった。

「鏡を見ていないのか？」

「恥ずかしがられまして」

店員がフォローしてくれる。

「なら、今すぐ見てみればいい。君は綺麗だ、アメリア。……知らなかったのか？」

最後は茶化したように笑うユージンの横で、テッドが赤い顔でうんうんと大きく頷《うなず》いていた。

結局アメリアが止めても、ユージンはドレスを購入《こうにゅう》することに決めてしまった。会計をするユージンの背中を、どうしていいか分からず見つめていると、先ほどドレスを着せてくれた店員がそっとアメリアに近付いて、耳打ちした。

「あの、お客様。差し出がましいことかもしれませんが、手袋《てぶくろ》を人前で取るときは、お気を付けになった方がいいと思います」

アメリアの、二の腕《うで》までかかる手袋に視線を走らせながら、店員は続ける。意味が分からず、アメリアは首を傾《かし》げた。

「手を見ますと、貴族ではないと誤解を受けますわ」

あ、とアメリアは小さく声を上げる。羞恥で肌《はだ》が燃え上がるように熱くなった。

――私の手、荒《あ》れていて汚《きたな》いんだ。

ずっとバーンズ家で庭いじりばかりしてきたアメリアの手は、水仕事をして荒れており、爪《つめ》の間に土が入ることもしばしばある。毎回綺麗に洗うようにはしているが、滑《なめ》らかな令嬢の手とは比べ物にならない。

「連れて歩かれる伯爵の為にも、隠《かく》されたほうがよいかと」

「は、はい。そうしま……」

「なんの話をしていたんだ？」

言いかけたアメリアの手を、会計を終えたユージンが、掬《すく》うようにして自分の腕に乗せる。

「裾《すそ》の長いドレスなので、優雅《ゆうが》に歩くには少々コツが必要なのです。僭越《せんえつ》ながら、それをお伝えしていました」

店員がそつのない対応で誤魔化《ごまか》してくれる。

「そうか。では歩き方も習ったところで、次はレストランへ行こう」

ユージンが頷いて、アメリアを店の外へと促《うなが》す。

レストラン、と聞いて、アメリアははっとした。食事の時になったら、手袋は外さなくてはならない。さっそく素手《すで》を晒《さら》さなくてはいけない事態に内心頭を抱《かか》えるが、回避《かいひ》する術《すべ》も思い浮《う》かばない。

アメリアはユージンに連れられて、また馬車へと乗り込んだ。

レストランに着くと、幸いにも個室に通された。これで他《ほか》の客の目は気にしなくてもよくなったが、レストランの給仕《きゅうじ》係は別だ。皿の上げ下げに来るたびに、アメリアは両膝《りょうひざ》にぎゅっと手を握《にぎ》ったまま乗せて、給仕係が去るのを待つ。そして食事を続ける、の繰《く》り返しだ。

不自然に見えないよう振る舞《ま》ったつもりだったが、甘かったらしい。

「さっきから、随分《ずいぶん》両手が忙《せわ》しないな」

ユージンの指摘《してき》に、アメリアの目が泳ぐ。

「そ、そんなことはないです。あの、不作法に映ってしまったのなら、申し訳ありません」

「咎《とが》めているわけじゃない。手がどうかしたのか？」

「いえ、なんでもありません」

「……アメリア」

「は、はい」

「私は君に、食事を楽しんでもらいたいんだ。気にかかることがあれば、言ってほしい」

少しだけ困ったような顔をされると、アメリアも突《つ》っぱねることができなくなった。おずおずと、自分の手が庭造りのために汚れていることを話す。

聞き終えたユージンは、ひとつ溜息《ためいき》を吐《つ》いて、背もたれに体を預けた。

「君の手が汚れている？　それで私に迷惑《めいわく》がかかると？　馬鹿《ばか》らしい」

一刀両断されて、アメリアは戸惑《とまど》った。

「でも、確かに荒れているんです。連れがこんな手をしていたら、貴族の令嬢でもない相手を連れ歩いていると、伯爵によくない噂《うわさ》がたつかもしれません」

「君の手は、あんなに美しい庭園を作り出す手だ。草花に愛情を注いできた手だろう？　綺麗な手だよ、なにも恥じることはない。別にずっと手袋を外していてくれても構わないが？」

アメリアは目を見開いた。ドレス姿を褒められることよりも、胸を打つ言葉だった。植物を愛するアメリアに寄り添《そ》ってくれるような、温かな言葉。毎日のように、「バーンズ家の恥《はじ》」と言われてきたアメリアを、ユージンは肯定《こうてい》してくれる。

——どうしてこんなによくしてくれるんだろう。優《やさ》しくしてくれるんだろう。

疑問が生まれ、しかしすぐに答えは出る。ユージンはアメリアの父親と共に、ある秘薬の行方《ゆくえ》を追っていると手紙にあった。アメリアはその調合を知っているかもしれない。だからこんな風に、一人前のレディ扱《あつか》いしてくれるのだろう。

思い上がってはいけないと自分に言い聞かせながら、それでも、心の中が温かいもので満たされていくような、でもそれを喜んではいけないような、複雑な心地《ここち》を味わう。

「君自身が、どうしても手を隠したいなら無理強《むりじ》いはしない。だが、私に迷惑がかかるという理由で隠す必要はないよ。気遣《きづか》ってくれることは嬉《うれ》しいが、私は全く気にしない」

アメリアを安心させるように、ユージンは柔《やわ》らかな笑みを浮かべた。

「さて。憂《うれ》いは取り除けただろうか？　食事を再開しよう。せっかくの料理が冷めてしまう」

そう言って微笑むユージンは、どうやらアメリアに食事をさせるのが好きらしい。

アメリアが料理を口に運ぶ度《たび》に、満足げな顔をするのだ。個室のため、ゆっくり食事ができるのだが、あまりに見目の良い人間に凝視されながらでは、食べにくい。しかも、ユージンはお腹《なか》が空《す》いていないからと、自分はワインしか飲んでいないのだ。

「君の母上のことを、聞いてもいいか？」

しばらくして、ユージンが口を開いた。アメリアはフォークとナイフを持つ手を止めた。小さく頷く。

「母上との記憶《きおく》は、どれくらいあるんだ？　確か君が七つの時に亡《な》くなられたと、フォーガス氏から聞いている」

「断片《だんぺん》的なものが多いです。すごく褒められたか、すごく怒《おこ》られた時のことはよく覚えていますけど、普段《ふだん》の日常のこととなると、うっすらとしか……。ああ、家に庭があったので、そこでよく母と過ごしたのは覚えています」

「君の植物好きは、母上の影響《えいきょう》というわけだな」

ユージンは思案するように腕を組んだ後、テーブルに身を乗り出した。

「私の屋敷《やしき》にも庭園がある。マーティンという庭師が管理してくれているんだが、君も庭造りに加わらないか？」

アメリアはぱっと目を見開く。それはとても嬉しい申し出だった。オルブライト家の屋敷に来てから、どんな庭園を持っているのかと密《ひそ》かに気になっていたのだ。

やりたいです、と口に出しかけて、迷う。出会って間もない伯爵《はくしゃく》家の屋敷で、そんなことをしていいのだろうか？　アメリアは目の前のユージンという人間を、ほとんど何も知らないのだ。それに、アメリアが庭に入ったら、マーティンという庭師が不快に思わないだろうか？

様々なことが一瞬《いっしゅん》で頭を過《よ》ぎる。そして、ゆるゆると視線を下ろした。やりたいとは、やはり言ってはいけない気がする。

「言いたいことを飲み込むのは止《や》めなさい」

その時、凛《りん》とした声が上がった。

「アメリア。それは見る人間に、あまりいい感情を与《あた》えない。人と信頼《しんらい》関係を築いていく中で、いつも相手に、言葉を飲み込むような態度をされたらどう思う？　飲み込んだのが相手への不満なのか、ただの自分の意見なのか、他人には推《お》し量る術がないんだ。いらない誤解を生む」

仕立屋で交《か》わした甘い声色《こわいろ》とは正反対の、厳しい口調だった。

言葉に言いよどむ度に、バーンズ家の人々から苛立《いらだ》ちのこもった叱咤《しった》を受けた記憶が甦《よみがえ》る。また自分は失敗してしまったのだと、焦《あせ》りで両手を握りしめた。バーンズ家なら、ここで話は終わっただろう。しかしユージンは違《ちが》った。わずかに穏《おだ》やかな声色に変えて、続ける。

「そんな誤解を受けるなんて、悔《くや》しいだろう？　相手は、君の口にできなかった思いこそ知りたいんだ。少なくとも、私はそうだ。君がなにを考え、なにを望んでいるのか知りたい。それは、相手を知る第一歩になるからだ」

耳によく通る声は、アメリアの心の真ん中にストンと落ちてきた。

「それから、人と話す時は目を見る。きちんとこちらを向きなさい」

ユージンの青い瞳《ひとみ》を、慌《あわ》てて見返す。だがすぐ負けて逸《そ》らしたくなるような、強い眼差《まなざ》しだ。

「考えてから口にする思慮《しりょ》深さは必要だ。だが、自分の気持ちを押し込めて言葉にしないのは、君自身にとってよくない」

そこで、ユージンは少し表情を緩《ゆる》めた。

「まずは私から、少しずつ慣れていけばいい。私は、バーンズ家の人達より性格はいいつもりだ。短気でもない」

茶化したような物言いに、思わず噴《ふ》き出してしまった。我慢《がまん》ができずに笑ってしまうなんて、久しぶりの出来事だった。アメリアが慌てて両手で口元を押さえると、ユージンも可笑《おか》しそうに笑った。

「さあ、アメリア。教えてくれ。君はどうしたい？」

アメリアは不思議な気持ちで、そこに答えがあるかのように、ユージンの青い瞳を見返した。

――こんな風に言ってくれた人、家族以外で今までいなかった。

アメリアを客観的に見て、どこがどう悪いのか指摘してくれる。希望を口にしていいのだと言ってくれる。

ユージンは真摯《しんし》に、アメリアに言葉を尽《つ》くして話してくれた。アメリアは、自分の態度を改めて反芻《はんすう》した。勇気を出して、大きく息を吸う。

「……庭を、見せてもらえますか？　私、庭造りを手伝いたいです」

ユージンは、今日一番の笑《え》みを浮かべて、「仰《おお》せのままに」と頷《うなず》いた。

夕食を終えて、レストランを出る。先に馬車に乗り込んだユージンが、アメリアに手を差し出した。

ふと視線を感じて、アメリアは右側を向いた。ガス灯が等間隔《とうかんかく》で並ぶ道の先に、一人の青年紳士《しんし》が立っていた。テッドのような従者を一人、後ろに従えている。

暗がりではあったが、顔がちらりと見えた。そこでアメリアは、ユージンを初めて見た時と同様の驚《おどろ》きを、再び体験する。

――わあ……、綺麗《きれい》……。

青年は肩《かた》より少し伸《の》びた金髪《きんぱつ》を、後ろでひとつに括《くく》っている。遠目なのに、瞳が宝石のような緑色だと分かったのが不思議だった。まるで輝《かがや》いているように見える。

ユージンは美しさの中にも、男性らしい力強さが感じられる。だが今見ている紳士は、繊細《せんさい》

儚《はかな》さを凝縮《ぎょうしゅく》したような容貌《ようぼう》だった。少しの振動《しんどう》で壊《こわ》れてしまいそうなガラス細工を思わせる、儚《はかな》いがゆえの美しさ。だからなのか温度が感じられない、少し冷たい印象を受ける。

そこでアメリアは首を傾《かし》げた。彼の視線は、どうやら一心にアメリアに注がれている。何かを見透《みす》かすような視線が、アメリアをそわそわと落ち着かない気分にさせた。

ふ、と青年が、口の端《はし》を持ち上げたように見えた。

――笑った……？

「アメリア？」

ユージンの声に、我に返った。ユージンが、動かないアメリアを怪訝《けげん》そうに見ている。そしてアメリアがもう一度道の先を見つめた時、すでに青年の姿はなかった。

「アメリア様。少し休憩《きゅうけい》しましょう」

黙々《もくもく》とシャベルで土を掘《ほ》っていると、背後から声がかかった。

振《ふ》り返ると、少し離《はな》れた所で、オルブライト家の庭師であるマーティンが、自身の腰《こし》をトントンと叩《たた》いている。白い立派な髭《ひげ》をたくわえた口元が笑みを作ると、好々爺《こうこうや》とした雰囲気《ふんいき》が醸《かも》し出されて、見る者をほっとさせるような安心感があった。

アメリアは慌てて立ち上がり、マーティンのもとに駆《か》け寄った。

「ごめんなさい！　すっかり夢中になってしまって。マーティンさんは休んでいてください」

「いやいや。アメリア様こそ、朝からずっと作業し通しでしょう」

アメリアは首を横に振った。

「私は大丈夫《だいじょうぶ》です。こんなに素晴《すば》らしい庭なんですもの、休んでいるのがもったいないくらい」

頬《ほお》を紅潮させて、アメリアは庭全体を見回した。

オルブライト伯爵家の屋敷に滞在《たいざい》して、一週間が経《た》とうとしていた。

レストランに連れて行ってもらった翌日、さっそくアメリアは庭師のマーティンに引き合わされ、庭造りを手伝うことになった。「好きにしていい」と言ってくれたユージンは本当に放任主義のようで、庭に注文をつけることなく、アメリアとマーティンの好きにさせてくれていた。

「最初にマーティンさんに連れられてこの庭を見た時は、本当に感動しました」

高級住宅街パーク・レーンは都会の街の真っただ中にあるが、オルブライト家の屋敷の裏に回っていくと、喧騒《けんそう》を忘れたかのような緑豊かな庭園が現れる。

小道の両脇《りょうわき》には、可愛《かわい》らしい小花が咲《さ》き誇《ほこ》り、その道を辿《たど》っていくと、やがて水の音が聞こえてくる。

円形の池から、噴水《ふんすい》の水が太陽光によってきらめきながら流れ、庭の四方には守るように木々が植えてある。池から見て右側にローズガーデンがあり、左側の奥には温室が建てられていた。

アメリアは、この庭が一目で気に入った。花の種類の多さや、管理の徹底《てってい》さは質の高いものだが、決して贅《ぜい》を凝《こ》らしていると主張するところがなく、すべてが自然に収まっている。

庭師であるマーティンの能力の高さを改めて感じて、アメリアは尊敬の眼差しを向けた。

マーティンは笑いながら、アメリアに冷やしたレモネードを渡《わた》す。

「庭を気に入ってくれたことは嬉《うれ》しいですが、夢中になり過ぎて体を壊してはいけません。初夏とはいえ、この暑さです。体を適宜《てきぎ》休めて、水分を取らなければ」

素直にレモネードを受け取り、口に含《ふく》む。甘酸《あまず》っぱい冷たさが喉《のど》を通る心地《ここち》よさに、思っていたよりも喉が渇《かわ》いていたのだと知る。

「ありがとうございます。美味《おい》しいです」

マーティンは微笑《ほほえ》んだ後、目を細めて庭を見回した。

「ユージン様が喜んでおられましたよ。アメリア様のおかげで、更《さら》に庭が素晴らしくなったと仰《おっしゃ》っていました」

アメリアは、水滴《すいてき》のついたグラスに視線を落とした。

「……でも、庭を見に来たことはないです」

アメリアが知る限り、ユージンがこの庭を訪《おとず》れたことはなかった。ユージン自身、庭にあまり興味がないのかもしれない。するとマーティンは、こともなげに言う。

「ああ。それは、夜に庭を見ているからでしょう」

「え？」

怪訝そうにマーティンを見ると、彼は白い髭を撫《な》でながら続けた。

「確かに伯爵《はくしゃく》が昼に庭に足を運ぶことはありません。ですがその代わり、よく夜に庭を眺《なが》めているんですよ。アメリア様が眠《ねむ》った後に。夜の庭がお好きなんだそうです」

──夜の庭が好き？

小さな違和感《いわかん》が、アメリアの心の中にぽとりと落とされる。好みなど人それぞれだ。昼より、夜に見る庭が好きだからと言って、悪いことではない。だが、ふいに生まれた違和感を辿っているうちに、別の疑問に突《つ》き当たった。

──あれ……？　そもそも私、伯爵が昼に外を出歩いているのを見たことがあったかしら。

庭の花を眺めながら、記憶《きおく》を浚《さら》ってみる。だがやはり、アメリアが知る限り、ユージンが出歩くのはもっぱら夜のみだった。昼は書斎《しょさい》にこもっていることが多い。

──普通《ふつう》の貴族は、社交の場を求めて外に出掛《でか》けていくものだと思うんだけど。

一週間を共に過ごしてみても、ユージン・オルブライトという人物は、アメリアにとって謎《なぞ》だらけの存在のままだった。むしろ初めて会った時よりも、謎は深まっている気がする。

オルブライト伯爵家という、身分だけを言うならこれ以上ないほど保証されている人物だ。レイラが侍女《じじょ》に話していた又聞《またぎ》きによれば、伯爵家は一時没落《ぼつらく》の危機にあったそうだが、領地で羊毛を量産するようになって再び息を吹《ふ》き返したという。今や莫大《ばくだい》な富を築き、『伯爵』という身分に恥《は》じない名家となっている。

しかし、見事な経営の手腕《しゅわん》を振るって家を立て直した当主が社交界に出てくることはなかった。仕事でも常に代役を立てていたため、素顔を知る者はほとんどいない。伯爵家の当主はこうしてずっと謎に包まれてきて、これからもそうなのだと誰《だれ》もが思っていた。しかし予想を裏切って、数年前に颯爽《さっそう》と社交界へ出て行き、『オルブライト伯爵』を名乗った人物がユージンだった。王家が彼を伯爵と認めたのだから、アメリアが疑問を挟《はさ》むような問題ではない。だが、なにかが引っ掛《か》かるのだ。その理由が分からないために、余計もやもやとした気分になる。

「アメリア様？」

マーティンに不思議そうに呼びかけられて、アメリアははっとして首を横に振った。

――きっと私の知らないところで、昼に出歩いているのかもしれないし。あまり詮索《せんさく》するべきじゃないわよね。

ユージンは、アメリアのことをなにかと聞きたがるが、自分のことはほとんど話さないのだ。

「見てください。料理長はサンドイッチを用意してくれたようですよ」

マーティンの声に、彼の持ってきたバスケットの中身を見る。野菜とチキンの挟まったサンドイッチが顔をのぞかせていた。

「知っていますか？　料理長はユージン様から、アメリア様を太らすよう厳命されているのですよ。小食なアメリア様のために、料理長も色々試行錯誤《さくご》しているようです」

アメリアはその言葉に眉《まゆ》を下げた。

ユージンや使用人達は、アメリアにとてもよくしてくれていた。バーンズ家のように、アメリアを無視するようなことはなく、丁寧《ていねい》に接してくれている。だが、対するアメリアの態度は、自分自身でもどうかと思うほど、過剰《かじょう》でぎこちなかった。

――挨拶《あいさつ》さえ満足に返せてない。皆《みんな》、笑って声をかけてくれるのに。

人とまともに関《かか》わってこなかった十年間のツケが、今回ってきたようだった。目の前のマーティン相手にも、ここまで自然に話せるようになるのに時間がかかったのだ。それにマーティンとは庭という共通の話題があったため、アメリアのぎこちなさも消えていった。

アメリアは小さく溜息《ためいき》を吐《つ》く。捉《とら》えどころのないユージンをどこか不安に感じる気持ちと、彼や使用人達に優《やさ》しくされて嬉しく思う気持ちが、混ざり合ってうまく整理できない。

更にアメリアの心を波立たせているのは、父親の存在だった。未《いま》だに父親からの連絡《れんらく》はない。思考が父親に向いた途端《とたん》、自分の顔が歪《ゆが》むのが分かった。

もらった手紙は、部屋の引き出しに仕舞《しま》ったきり見ていない。初めて読んだ時は、秘薬の話題にばかり目がいったが、手紙の最後に綴《つづ》られた『愛している』という言葉に、何を今更《いまさら》という怒《いか》りが湧《わ》いた。その言葉を言ってほしかったのは、今ではない。バーンズ家に引き取られたばかりの幼い頃《ころ》、寂《さび》しさで泣いた時こそ、その言葉を聞きたかった。そして手紙などではなく、会って言ってほしかった。父親に会っても、ただ怒りをぶつけるだけになりそうで、冷静に秘薬のことを聞けるのか不安だった。

――そう、秘薬のこと……。全然思い浮《う》かばないのに、どうしたらいいんだろう。

ユージン達は決してアメリアを急《せ》かすようなことはしないが、心の中では焦燥感《しょうそうかん》を募《つの》らせているのかもしれない。アメリアも何度も母親との記憶を反芻《はんすう》しているが、薬の調合など聞いていない。身の回りの物も調べてみたが、手がかりになる物は見つけられなかった。役立たずの自分が暢気《のんき》に庭造りをしている場合ではないと、何度も我に返る瞬間《しゅんかん》がある。

だが、ユージンは庭造りを楽しめと言ってくれる。あの心の奥を見通すような深く青い瞳《ひとみ》で、自身のことは何ひとつ語らぬままに。


その夜、アメリアはマーティンの言葉を確かめるべく、部屋を抜《ぬ》け出した。部屋の鍵《かぎ》を開けるたびに、意味があるのかと毎回首を捻《ひね》ってしまう。最初にユージンから言われた『夜に部屋に行く』宣言は、世間知らずなアメリアを諌《いさ》める意味があったのだろう。今も律儀《りちぎ》に守ってはいるが、この屋敷《やしき》の中で、アメリアになにか危険が訪れるとも思えなかった。

幸いにも庭に出るまで誰にも会うことはなかった。今日は霧《きり》が濃《こ》く、月を仰《あお》ぎ見ることはできない。

──ああ。本当にいた。

庭の噴水の所に、まるで一枚の絵画のようにユージンが立っている。ぼうっと見惚《みと》れそうになって慌《あわ》てて意識を戻《もど》し、木陰《こかげ》に隠《かく》れた。が、少し遅《おそ》かったらしい。

「出てきなさい、アメリア」

ユージンの声に、首を竦《すく》める。アメリアはおずおずと木陰から出て、ユージンの前に立った。

「庭とはいえ、女性が夜に屋敷を出るものじゃないと思うが？」

厳しい顔で腕《うで》を組むユージンに向かって、アメリアは頭を下げた。

「も、申し訳ありませんでした」

「反省している？」

「はい」

「言葉だけでは信用ならないな」

硬《かた》い声に、アメリアの背中にじわりと汗《あせ》が滲《にじ》む。かなり怒《おこ》らせてしまったのかもしれない。

「どうすれば許してもらえますか」

「……仕方ないな。では庭を案内してくれ。それで許そう」

え、と思って顔を上げると、いつの間にか厳《いか》めしい表情を消したユージンが笑っていた。厳しい表情をしていたのはどうやら演技だったらしい。アメリアの軽率《けいそつ》な行動に釘《くぎ》を刺《さ》すため、怒ったふりをしていたのだ。

「どうしてここに？」

「ええと、マーティンさんが教えてくれたんです。伯爵は夜に庭を見に来るって」

そうか、とユージンは頷《うなず》いて歩き出した。自然とアメリアも隣《となり》に並んで、歩き出す。

ローズガーデンの一角でユージンの足が止まり、感嘆《かんたん》の声を漏《も》らした。

「薔薇《ばら》は管理が難しいと聞くが、とても綺麗《きれい》に咲《さ》いているね」

真紅《しんく》の花びらが幾重《いくえ》にもなった薔薇や、白く可憐《かれん》な野薔薇達が周囲に咲き誇《ほこ》っていた。薔薇の芳《かぐわ》しい香《かお》りが辺りに漂《ただよ》っていて、とても贅沢《ぜいたく》な気分にさせてくれる。ふと、薄《うす》ピンクの咲き始めの薔薇が目に飛び込んできた。アメリアはその薔薇に、ゆっくりと顔を近づける。

「虫も付いていないし、花だけじゃなく葉も瑞々《みずみず》しい。すごく綺麗な薔薇ね、あなたは」

「……どうせなら、花ではなく、こちらを向いて私と話してほしいんだが」

「え？　……あ」

アメリアは薔薇から顔を離《はな》すと、真っ赤になって俯《うつむ》いた。

――しまった。いつもの癖《くせ》で、つい……！

「花に向かって話しかけてるのか？」

冷静に言葉にされて、一層羞恥心《しゅうちしん》が募る。子供のようだと笑われてしまうかもしれない。

「アメリア。言葉を飲み込まない。私は笑ったりしないよ」

考えを読んだように頭上から聞こえてくるユージンの声に、アメリアは観念して口を開いた。

「あの……、声をかけて花を育てると、もっと綺麗に咲いてくれるんです。ほ、本当です」

ユージンは目を瞬《またた》かせた後、ふわりと笑った。

「私は、君が作ったバーンズ家の庭をこの目で見ている。信じるよ」

その言葉にほっとして、アメリアも少し冷静に薔薇を見つめることができた。

「薔薇は管理が難しいとおっしゃいましたが、マーティンさんの庭師としての技術は、本当に素晴《すば》らしいと思います。これらの薔薇も、接《つ》ぎ木を繰《く》り返して、ここまで様々な種類を増やしたのはすごいことです」

「接ぎ木？」

「薔薇を増やす方法のひとつです。簡単に言うと、増やしたい薔薇の枝を、台木であるノイバラの枝に切れ目を入れて、そこに挿《さ》し入れるんです」

「それで薔薇がきちんと育つのか？」

疑わしさを隠さず聞くユージンに、アメリアは苦笑《くしょう》する。確かに言葉にしてみると、そんなことで？　と思えるかもしれない。

「ええ。手入れさえ欠かさなければ、きちんと咲きます。薔薇ってすごいんですよ」

友人を自慢《じまん》するような口ぶりになったが、慌てて付け加える。

「花そのものの力もありますが、マーティンさんの細やかな管理があってこそです。きちんと芽かきや間引きをしてくれるから、ここまで綺麗な花が咲くんです」

「芽かきや間引きというのは？」

「芽かきは、一か所に何個か生える薔薇の芽を、中央を残して取ってしまうことです。間引きは、重なってしまって日当たりの悪くなった枝を切ってしまうことですね。美しく大きな薔薇を咲かせるため、そして枝全体が病気になったり害虫が発生するのを防ぐためにするんです」

「芽を摘《つ》んでしまうのか。植物の世界も、生存競争が激しいんだな」

複雑そうな顔をするユージンの気持ちも分かる。アメリアも、初めて芽かきや間引きというものを知った時、残酷《ざんこく》だと思ったものだ。せっかく顔を出して、健気《けなげ》にも咲こうとしている芽を摘み取ってしまうなんて、可哀想《かわいそう》だ。しかし、やらなければその薔薇の木全体が病気になってしまう。

「悪いものや異質なものは、消される運命にあるということだな」

どこか思い詰《つ》めたようなユージンの声色《こわいろ》に、アメリアは内心首を傾《かし》げた。どこか苦々しい感情が含《ふく》まれていて、まるで自分が悪く異質なものだと思っているように聞こえた。

なぜか気持ちが急いて、咄嗟《とっさ》に口を開いていた。

「悪いものも異質なものも、全部含めてひとつの薔薇です。でも薔薇は、自分の身を削《けず》ってでも美しく咲こうとする花なんです。すべて糧《かて》として、見る者を感嘆させるような花になります。つまり……、無駄《むだ》なものなんてないんです。全部が最後には繋《つな》がって、綺麗な花が咲くから。だから」

――だからそんな、悲しそうな顔をしないでほしい。

アメリアは、突如湧《とつじょわ》いた自分の感情に戸惑《とまど》う。

戸惑っているのはユージンも同じらしかった。少し驚《おどろ》いたように目を見開くと、所作の美しい彼にしては珍《めずら》しく、乱暴な手つきで自分の髪《かみ》をくしゃりと崩《くず》した。

「参ったな。君に慰《なぐさ》められるとは」

「な、慰めるなんてそんな大それたこと、私なんかができませんから……！」

「そう言われては、しっかり慰められた私の立場がないじゃないか」

「え？」

「……君は綺麗だ、アメリア」

「――はっ？」

驚いて顔を上げると、ユージンの先ほどの戸惑った表情はすっかり消え、余裕《よゆう》のある美しい笑《え》みに変わっていた。

「綺麗で、優《やさ》しくて、目を奪《うば》われる」

「ちょ、ちょっと待ってください……！　何を言って……」

真っ赤になって慌てるアメリアを見つめながら、ユージンがしれっと言う。

「言えばもっと綺麗になっていくんだろう？　良い事を聞いた、これから君に会う度《たび》言うことにする」

アメリアははた、と固まった。さきほどアメリアが花に声をかけたことを言っているのだ。

——ああもう！　またからかわれたんだ！

真っ赤になった自分が恥《は》ずかしい。

「それは花の話です！　私に言っても意味はないですからっ」

「花みたいに綺麗なんだから、同じことだ」

「伯爵《はくしゃく》！」

手のひらの上で遊ばれている気分だ。アメリアも動揺《どうよう》するからいけないのだろうが、ユージンのからかいはタチが悪いのだ。

「ああ、楽しいね」

心底楽しそうに笑われて、なんだか肩《かた》の力が抜《ぬ》けた。まあいいか、という気持ちになる。

——さっきより、少しだけ元気になってくれたみたいだし。

笑みを浮《う》かべているユージンを見ていると、距離《きより》が縮まったような錯覚《さっかく》に陥《おちい》った。アメリアが唯一《ゆいいつ》自分を出せる庭園という場所にいることも要因となり、勇気を掻《か》き集めて言ってみる。

「伯爵のカントリーハウスにもローズガーデンはあるんですか？」

カントリーハウスとは、貴族が自らの領地に持つ壮麗《そうれい》な邸宅《ていたく》のことだ。社交界シーズンのためロンドンに滞在《たいざい》するタウンハウスとは、規模からして違《ちが》う。権威《けんい》を誇示《こじ》するかのように建てられるカントリーハウスは広さも桁違《けたちが》いで、そこに作られる庭もまた広い。

「もちろん。君にも見せたいね」

穏《おだ》やかに言ってくれたので、アメリアはもう一歩踏《ふ》み込んだ。

「あの、伯爵のご両親は、カントリーハウスにいらっしゃるのですか？　ご家族のことを、聞いてもいいですか」

「今度、話そう」

ユージンは不愉快《ふゆかい》そうな顔も、困った顔もしなかった。ただ静かに笑っただけだ。だがアメリアは、ユージンがはっきりと自分との間に線を引いたのが分かった。

「さあ、もう部屋に戻《もど》るんだ。これ以上いたら、君の体が冷えてしまう」

アメリアの背中を、そっとユージンが押した。

「……伯爵。昼の薔薇《ばら》は、すごく綺麗《きれい》なんですよ。夜だけじゃなくて、昼に見てほしいです」

最後にどうしても伝えたくなって声をかけた。

「そうだな。行かせてもらうよ」

相変わらず綺麗に笑うユージンを前に、分かったことがひとつだけある。

彼は笑いながら、嘘《うそ》を吐《つ》く人だ。

ユージンと夜の庭で話した翌朝、アメリアは部屋をノックする音で目を覚ました。

ベッドから下りて、ドアに駆《か》け寄り鍵《かぎ》を開ける。

「おはようございます、アメリア様」

メイドのスージーが、笑みを浮かべて立っている。彼女は、アメリアのためにユージンが付けてくれた専属のメイドだ。明るめの茶色の巻き毛が可愛《かわい》らしい女性で、ドレスや宝石などの装飾品《そうしょくひん》の流行にとても詳《くわ》しい。

「今日のお召《め》し物は、こちらでいかがでしょう?」

アメリアを鏡台の前に座らせ、スージーがドレスを広げる。

「アメリア様の髪色にもきっと映《は》えますわ。このデザイン、今フランスで流行《はや》ってるんです」

スージーが掲《かか》げるドレスは確かに素晴らしいが、アメリアはおずおずと首を横に振《ふ》った。

「あの、でも今日も庭に行くつもりなんです。だから……、いつものドレスでお願いします」

「……そうですか」

しゅん、と肩を落とすスージーに、アメリアはどうしていいか分からなくなる。

——綺麗なドレスで、宝石や靴《くつ》もそろえてくれて、センスがいいなあっていつも思ってるんです。でも、だからこそ庭で作業するのに汚《よご》したら悪いし、弁償《べんしょう》できないし……。

頭の中では言葉が出てくるのに、いざ本人を目の前にするとその十分の一も言えなくなる。

自分の不甲斐《ふがい》なさに溜息《ためいき》を吐きながら、朝食をとるためにダイニングルームに行く。

アメリアが座った途端《とたん》、流れるように最初の皿が運ばれてきた。屋敷《やしき》の主人であるユージンの姿はない。グレンが横について、給仕《きゅうじ》してくれていた。

「食事中すみません。アメリア様は、どんな食べ物がお好きですか？」

「え？ す、好きな食べ物？」

急に質問され、食事が喉《のど》に詰《つ》まる。アメリアに紅茶を注《つ》いでくれているグレンが、小さく頷《うなず》いた。

「料理長が知りたいと申しておりまして」

「あの、私好き嫌《きら》いはありませんから。なんでも食べられます、大丈夫《だいじょうぶ》です」

首を横に振るアメリアに、グレンは困ったような顔で笑った。

「そうではなく……。アメリア様の好きなものを食べてもらいたいと思っているんですよ」

「アメリア様は小食ですからねえ。日々の食事って、本当に大事ですよ？ せっかく美味《おい》しいものを作ってくれるって言ってるんだから、甘えてしまえばいいんです」

ユージンが書斎《しょさい》に籠《こも》っているために一時暇《ひま》を出されたようで、従者のテッドもダイニングルームにいた。やけに実感のこもった声で、アメリアをせっつく。

「甘える、ですか……」

「そうです。アメリア様は少々かたすぎますよ」

笑ってくれるテッドは、アメリアの緊張《きんちょう》を解こうとして言ってくれたのだろう。だが、アメリアは逆に落ち込んだ。扱《あつか》いづらい人間だと、周囲に思われているのだろう。未《いま》だ普通《ふつう》の人間関係すら作れない自分が、情けなかった。


「そんな思い詰《つ》めた顔で見つめていたら、花も驚いてしまいますよ」

背後から窘《たしな》めるような声が響《ひび》いて、アメリアははっと花から顔を離《はな》した。

マーティンが苦く笑いながら、こちらに歩いてくる。

朝食を終えた後、アメリアはすぐに庭へと向かった。マーティンはまだ来ていなかったから、先に雑草でも抜こうとしていたのだ。だが、どうやら途中でぼうっとしていたらしい。マーティンが来たことすら気づかなかった。いつから持っていたのか、雑草を摑《つか》んだままだ。

「どうしたのです？　何か悩《なや》み事があるなら、おっしゃってみてください」

マーティンはアメリアの横に並び、しゃがみ込んだ。庭師になるべくしてなったような、木々の葉を思わせる緑色の瞳《ひとみ》がアメリアを見つめる。その瞳を見ていると、するりと言葉が出た。

「……私、ずっとバーンズ家の人間としか会話をしてきませんでした。ううん、会話というよりは、一方的なものが多かったと思います。誰《だれ》も私の話を聞こうとはしなかったし、私も積極的に関《かか》わろうとしてこなかった」

本当に狭《せま》い世界で生きてきたのだと、今なら分かる。その狭い世界を、更《さら》に狭くしていたのは自分自身だった。自分には庭だけがあればいいと思って、会話を放棄《ほうき》してきたのだ。

だが今、伯爵《はくしゃく》家に来てユージン達の優《やさ》しさに触《ふ》れる度《たび》に、彼らをもっと知りたい、そして自分の気持ちを伝えたいと思うようになった。

「伯爵は、私に人との関わり方を教えてくれました。料理長さんは私が少しでも食べられるようにと、料理に工夫《くふう》を凝《こ》らそうとしてくれます。テッドさんは毎日笑顔《えがお》で、『庭の調子はどうですか？』って話しかけてくれるんです。グレンさんは、私が屋敷で上手《うま》くやっていけるように、とても目を配ってくれています。スージーさんは毎日、本当に綺麗なドレスを選んでくれる」

仕事のうちだと言われればそれまでだが、アメリアにはどれもが特別で、心から嬉《うれ》しかったのだ。だが、向けられるその気持ちに、アメリアは萎縮《いしゅく》してしまう。

「そんな風に優しくしてくれた気持ちに、上手く返せないんです」

静かにアメリアの話を聞いていたマーティンは、「そうですなあ」と自身の髭《ひげ》をひと撫《な》でする。

「口下手であり、根本的に人が苦手、というのも要因のひとつでしょうが……、察するにアメリア様はきっと、自分に自信がないのでしょうな」

ドキリとした。バーンズ家で過ごしてきた十年間が、頭を過《よ》ぎる。

「自分に向けられる善意に、喜びながらも戸惑《とまど》っている。自分がそれを受け取る資格があるのかと、不安に思われているのではないですか？」

マーティンは、見る人を安心させる笑顔で言った。

「優しさを受けることに、資格なんて必要ありませんよ。そんなことを考えるのは、むしろ傲《ごう》慢《まん》というものです。素直《すなお》に受け取ればいい。そして、貰《もら》って嬉しかった優しさを、今度は自分が別の誰かに差し出すんです。そうやって人は繋《つな》がっているんだと、私は思いますよ」

マーティンの言葉は、乾《かわ》いた大地に落ちる雨のようだ。じわじわと心に落ちて、染《し》みていく。

「アメリア様は、花のように可憐《かれん》な方だが、本当の花ではない。あなたは思いを届けに行く足をお持ちだし、言葉も喋《しゃべ》れる。それを惜《お》しんではいけません。拙《つたな》くても、不器用でもいいんです。今私に話してくれた気持ちを、彼らにそのまま伝えてごらんなさい」

拙くてもいい、不器用でもいい？

「私、いつも話しかける時、声が震《ふる》えるんです」

今だって、弱々しく震えている。そんなアメリアに、マーティンは不思議そうに首を傾《かし》げた。

「それをユージン様が、使用人達が、馬鹿《ばか》にしたり笑ったりしたことがありますか？」

「いいえ」

いつもアメリアを根気強く待ってくれて、声をかけると嬉しそうにしてくれた。今度はアメリアが、一歩踏《ふ》み出す番だ。

「そうね。……もらった嬉しさを、伝えればいいんだ」

「ええ。それで、いいと思いますよ」

マーティンは、アメリアの肩《かた》をポンと叩《たた》くと、「どれ、庭造りを再開しましょうか」と立ち上がった。

「ありがとうございます、マーティンさん。私、頑張《がんば》ってみます」

両手で胸元《むなもと》を押さえながら笑うと、マーティンは眩《まぶ》しいものを見るように目を細めた。

「これは素敵な笑みを頂いてしまいましたな。ユージン様に怒《おこ》られそうだ」

「え？」

いいえ、何でもありませんと、マーティンは笑った。


「最後の台詞《せりふ》は余計だろう。私は怒ったりしない」

「そうですかな？　まあ、軽口は相談役を引き受けた儂《わし》への駄賃《だちん》だと思って、許してください」

夜の庭に、二つの影《かげ》が伸《の》びている。

今朝の出来事を報告してきたマーティンの言葉を聞き終え、ユージンは少しだけほっとした。

アメリアが、屋敷の人間との接し方に悩んでいるのは分かっていた。そこでユージンは、アメリアがこの屋敷で最も信頼《しんらい》しているだろうマーティンに、相談に乗るようにと頼《たの》んだのだ。

「そんなに心配でしたら、ご自身でお話しされればよかったのでは？」

表情が緩《ゆる》んだのがマーティンにも分かったのだろう、緑の瞳が探《さぐ》るように見つめてくる。オルブライト家自慢《じまん》の庭師は、植物だけでなく人の観察にも長《た》けているから油断できない。

「私ではだめだ」

「なぜです？」

「彼女に対して、偽《いつわ》りが過ぎる」

マーティンは首を傾げた。信頼を置いている目の前の庭師にも、明かしていない偽りだ。

「それに、彼女は私にもぎこちないよ。当事者すぎて、相談には乗れない」

「それはユージン様の態度もお悪いと思いますよ？　からかってばかりいるのですから」

「色々な表情を引き出すのが楽しくて、ついね」

この屋敷《やしき》に来たばかりの時、アメリアは言いたいことも言えず、諦《あきら》めたような顔ばかりしていた。バーンズ家で、ずっとひどい抑圧《よくあつ》状態にあったのだから仕方ない。だが、本来の彼女は、実はとても多彩《たさい》な感情を秘《ひ》めている。からかって、それらを短時間でも引き出すのが、楽しかった。大きく感情を揺《ゆ》らすアメリアは、生きているという輝《かがや》きで満ちている。

——私が随分《ずいぶん》昔に失ってしまったものだから、より得難《えがた》く感じてしまうのだろうか。

「あまりからかっては、嫌《きら》われてしまいますよ。それと、秘密は大概《たいがい》になさいませ。大きな偽りは、相手も自分も傷つけますから」

「……耳が痛いね」

ユージンは庭園に視線を向けたまま、ほろ苦い笑みを浮《う》かべた。

マーティンに相談した翌日から、アメリアは屋敷の人々との関係を変えていこうと決意した。挨拶《あいさつ》はできるだけ自分からして、会釈《えしゃく》だけでなくきちんと声に出して言う。人と話す時は目を合わせるように、というユージンの言葉を常に胸に置き、ビクつきながらも必死に合わせた。

そうして意識的に目を合わせるようになると、色々なことが見えてくるのが分かった。相手の仕草や癖《くせ》、笑い方は当然だがそれぞれ違《ちが》う。どんな話題になると楽しそうな顔になるのか、逆に苦手な話題はあるのか、一生懸命《いっしょうけんめい》に探っていく。

アメリアの変化に気付いたのか、使用人達は、主人の客人であるアメリアとの距離《きょり》を弁《わきま》えながらも、色々と話してくれるようになった。会話がおぼつかなくて、ぎこちない沈黙《ちんもく》に包まれることもあった。気まずい思いをすることは多々あったが、少しずつでも距離が近付いていっているのが分かって、やめたいとは思わなかった。アメリアは初めて庭以外に関心を持ち、屋敷に住む人々の顔と名前を次々に覚えていった。

アメリアが次に行ったのは、屋敷に花を飾《かざ》るという行為《こうい》だった。きっかけをくれたのはスージーで、朝にアメリアの髪《かみ》を結《ゆ》いながら、何気なく教えてくれたことが心に残ったのだ。

「私達使用人は、昼は仕事で忙《いそが》しいですから、アメリア様が作られたお庭に行くことができないんです。もともと裏方である使用人が、庭園に入ることはありませんし。もし入るのならユージン様の許可も必要です。でも、気にはなっているんですよ。他《ほか》の使用人もそうです」

その言葉を聞いて、庭の花を屋敷内に飾ったらどうだろうと思いついたのだ。

だが、飾るのには屋敷の主《あるじ》であるユージンの許可が必要だ。さっそく書斎《しょさい》を訪《おとず》れて、アメリアは自分の考えをたどたどしくも語った。屋敷の人々の仕事が増えないよう、飾った花の世話はすべて自分でやるからと頭を下げた。断られることも覚悟《かくご》していたが、ユージンは「すごくいいね」と笑ってくれた。

「屋敷中花だらけにしてくれても構わない」

「そ、そんなに飾りませんから。ただ、廊下《ろうか》を歩いている時とか、横に花があったら心が和《なご》むんじゃないかなって」

「ああ。きっと皆《みんな》喜ぶ」

それが本当に嬉《うれ》しそうな笑顔で、ひどく動揺《どうよう》した。アメリアをからかう時に見せる人をくったような笑みや、煙《けむ》に巻くような笑みとは違い、彼自身のめったにない素の表情に見えたからだ。屋敷に働く人々を大切に思っている気持ちが伝わってくる。

——こんな笑い方もするんだ……。

心臓がドキドキと高鳴って、痛いほどだった。笑顔《えがお》を見ただけで胸が苦しいなんて、一体どういう心理なのかと、自分のことのくせに分からない。ただ、取り繕《つくろ》っていないユージンの表情を、もっと見たいと思った。

——って、なにを考えてるの、私は！

「調度品とのバランスが悪かったらすぐ言ってくださいね。香《かお》りも強くないものを選びます」

突如湧《とつじょわ》いた自分の気持ちに気恥《きは》ずかしくなって、誤魔化《ごまか》すように早口で喋った。

「分かった。君にすべて任せるよ」

ユージンは鷹揚《おうよう》に頷《うなず》いて、アメリアの背中を押してくれた。

書斎からすぐさま庭園へと急ぎ、アメリアは屋敷に生ける花を選別していった。玄関《げんかん》ホールに飾る花は見た目に豪華《ごうか》なものにして、ダイニングルームに飾る花は香りのないものを選ぶ。廊下に生けるのは、可憐《かれん》で可愛《かわい》らしい小花であったり、少し珍《めずら》しい色味の花にしたりと、目に飽《あ》きさせない工夫《くふう》をした。庭に佇《たたず》む花はそれだけで美しいが、生けた花にも別の美しさがある。

スージーに花瓶《かびん》を用意してもらって、一人屋敷中を歩きながら飾っていく。置かれた家具や調度品の美しさを損《そこ》なわないように、その場その場に合った花瓶と花を選ぶので時間がかかった。初めて訪れた時よりも熱心に丹念《たんねん》に屋敷を見て回りながら、アメリアはふと眉《まゆ》を寄せた。

——廊下も部屋の中も、よく見てみると結構暗いのね……。

屋敷中、燭台《しょくだい》が惜《お》しげもなくそこかしこに置かれているため、普段《ふだん》生活する分に不便がないので今まで見過ごしていた。だが植物を屋敷に持ち込んだことで、風通しの良さや日当たりという観点で屋敷を見ることになる。するとこの屋敷全体が、暗すぎることに気付いたのだ。

その理由に思い至った途端《とたん》、足が止まった。

――窓。窓が少ないんだわ。

アメリアは今立っている廊下を見回してみた。長い廊下に、窓はひとつだけだった。ダイニングルームに行ってみると、小さな窓はあったがやはりひとつだ。だがその窓は固く閉《と》ざされており、開けた形跡《けいせき》も見当たらない。そういえばアメリアの部屋の窓も、頻繁《ひんぱん》に開けられた形跡はなかった。

なにかに急《せ》き立てられるように、アメリアは屋敷中を見て窓を探した。圧倒《あっとう》的な部屋数に対して、窓の数は二桁《けた》にも届かなかった。しかもその窓も小さく、最低限の空気の入れ替《か》えに作られただけと言わんばかりだった。廊下を歩きながら、考える。

「どうして窓を作らなかったんだろう。まるで……」

そこまで呟《つぶや》いて、アメリアは後ろを振《ふ》り返った。静かな廊下には、アメリアしか立っていない。だが、誰《だれ》かに見られているような、そんな気がしたのだ。ごくり、と喉《のど》が鳴る。

美しく洗練された豪奢《ごうしゃ》な屋敷が、今はどこか異様なものとしてアメリアの瞳《ひとみ》に映った。

先程《さきほど》出かかった言葉を、今度は心の中で呟く。――まるで、光を厭《いと》っているようだと。

「なにか考え事ですか？」

庭で花を植え替えている最中、マーティンがそう声をかけてくる。

アメリアははっとして顔を上げた。花の苗《なえ》を持ちながら、ずっと心ここにあらずだった自分に気付く。屋敷の窓の少なさに気付いて一日が経《た》っていた。屋敷の人々に尋《たず》ねてみたい衝動《しょうどう》に駆《か》られたが、なぜか勇気が出ないままだった。

心配そうなマーティンに、アメリアは結局「なんでもありません」と首を横に振り、屋敷の人々と挨拶や会話ができるようになってきたと報告した。マーティンは自分のことのように喜んでくれた。

マーティンの慈《いつく》しむような微笑《ほほえ》みを見ていると、屋敷に感じる不安が一時遠のき、幼い頃《ころ》に母親に優《やさ》しくされた思い出が甦《よみがえ》ってくる。

――そういえば最近、歌ってないな。

庭の木々がざわめく音に背中を押されるようにして、ふとアメリアは唇《くちびる》を開いた。

幼い頃、アメリアを寝《ね》かしつける時に歌ってくれた歌を、口ずさんでいる。

「おや。優しい旋律《せんりつ》の歌ですな。子守歌《こもりうた》ですか？」

横で歌を聞いていたマーティンが尋ねる。

「母がよく歌ってくれた歌なんです。私が眠《ねむ》る時に歌ってくれていたから、子守歌だとは思うんですけど……」

改めて言われると、アメリアは首を傾《かし》げた。確かに、最初の歌詞には『穏《おだ》やかに眠れ』とあるから、子守歌ととれる。しかし、それ以降の歌詞は子供を眠りに誘《いざな》うようなものではない。

「お母様の手作りの歌とか」

「そうかもしれません。あ、でもそういえば、母も自分の母親から受け継《つ》がれてきたものなんだって言……」

そこで、アメリアは唐突《とうとつ》に言葉を切った。

──受け継がれてきたもの。

自分で言った言葉に、引っ掛《か》かりを覚える。

『実は私と、そしてオルブライト伯爵《はくしゃく》は、ある秘薬の作り方を探しているのだ。これはお前の母方の一族に伝わる薬で、代々継承《けいしょう》されていくものらしい』

──父様の手紙にあった言葉……。秘薬は母方の一族に伝わり、代々継承されていく。でも私は母様から、薬の調合なんて教わってない。私が母様から教わったもので、母様も自分の母様から受け継いできたものがあるとすれば──。

それは今、アメリアが口ずさんだ歌だ。

思わずその場で立ち上がるが、すぐに自分の考えを打ち消す。

――でも、この歌がなんだというの？　この歌を聞いたからって、薬が作れるわけじゃない。

アメリアを慰《なぐさ》めてくれる、優しい歌なだけだ。少し冷静になれば、ますます自分の考えが間《ま》違《ちが》ったものに思えてきた。ユージンに報告するべきか迷う。しかし、どんな些細《ささい》なことでもいいから教えてくれと真剣《しんけん》な顔で言われたことを思い出し、伝えることにした。

書斎で話を聞いたユージンは、じっと何かを考えるように空中に視線を彷徨《さまよ》わせた。

「歌か。確かに、次代に伝えていくには、いい媒体《ばいたい》かもしれない」

ユージンはアメリアが思うよりずっと、真剣に受け止めてくれたようだった。

「歌詞や旋律に、何か意味があるのかもしれないな」

彼の呟《つぶや》きにアメリアも再び考え込むが、これ以上の心当たりは見つからなかった。

❀

「今日はスージーさんの、選んだドレスを着たいです」

翌朝、身支度《みじたく》を整えにきてくれたスージーに向かって、アメリアは勇気を出して言ってみる。

鏡に映ったスージーが、驚《おどろ》いたような顔をしていた。鏡台に座るアメリアの髪《かみ》をとかす手も止まったまま、何度も瞬《まばた》きをしている。

「……どうなされたのですか？　今日はお庭に行かれないとか？」

戸惑《とまど》った顔をされると、途端に怖気《おじけ》づいた。しかし、慌《あわ》てて自分を奮い立たせる。

「本当は、スージーさんが選んでくれたドレス、どれも素敵《すてき》だなって、思ってました。き、着てみたいって。でも私、ドレスが汚《よご》れたらどうしようとか、色々考えてしまったんです」

繕わずに正直に打ち明けると、スージーはほっと安堵《あんど》の表情を浮《う》かべた後、破顔した。

「良かった！　実は、差し出がましいことをしていたのではと、心配になっていたんです」

アメリアは内心ひやりとしながら、首をぶんぶんと横に振る。やはり口にしなければ、行動しなければ、相手にはきちんと伝わらないのだ。

「では、今日はこのドレスでいかがでしょう？」

スージーが広げて見せてくれたのは、胸元《むなもと》に百合《ゆり》の刺繍《ししゅう》がされたドレスだった。

「アメリア様は花がお好きだから、どうかなと思いまして」

「……素敵です。嬉《うれ》しい……」

ドレスの裾《すそ》もまるで百合の花のように幾重《いくえ》にも広がっており、凜《りん》とした気品と可憐さが表れている。何より、アメリアのことを考えて選んでくれたことが分かるから、尚《なお》の事嬉しい。

「靴《くつ》もアクセサリーも選んでありますから。着飾《きかざ》って、ユージン様をびっくりさせましょう！」

「え、ど、どうして伯爵が出てくるんですか……？」

急に鼻息荒《あら》く力説してきたスージーにより、アメリアは存分に飾り立てられることになった。

アメリアはスージーの選んだドレスを着て、ダイニングルームに足を運ぶ。それから少しして、ユージンが遅《おく》れて現れた。後ろには、テッドを伴《ともな》っている。

「綺麗《きれい》な花が咲《さ》いているね」

ユージンはアメリアを見るなり、開口一番そう言う。今日もまた、寝乱《ねみだ》れたところなどない完璧《かんぺき》な出《い》で立ちだ。

アメリアは目を瞬《またた》かせてから、ユージンを見つめる。ようやく、強すぎる彼の青い瞳を見返すことができるようになっていた。

「綺麗な花って……、ああ。飾った花を見てくれたんですね」

屋敷《やしき》には今、アメリアが選んで飾った花が所々に置いてある。そのどれかを指して言ってくれたのだろうと思っていると、ユージンが首を横に振った。

「君のこと」

さらりと口にして、ユージンはテーブルに着いた。グレンが流れるような仕草で、紅茶を差し出す。「は……？」と口をぽかんと開けたアメリアは、次いで真っ赤になった。今日はスージーが見立ててくれた百合の花のようなドレスを着ているせいで、からかわれたのだと気付く。

――いい加減、私を花に喩《たと》えるのをやめてほしい！　切実に！

「やりましたね！　アメリア様！　計画通り！」

後ろに控《ひか》えていたスージーが、アメリアに片目を瞑《つぶ》ってみせる。やりましたね、と言われても、動揺《どうよう》しているのはアメリアの方だけだ。してやった感など皆無《かいむ》である。

「おいスージー。お前、アメリア様に無理やりドレス着せたわけじゃないよな？」

赤い顔で黙《だま》り込むアメリアと喜んでいるスージーを見て、テッドが疑惑《ぎわく》の目を向ける。

「そんなことするわけないでしょうが！　センスの欠片《かけら》もない人間は黙っていてちょうだい」

スージーは、小柄《こがら》で可愛《かわい》らしい顔つきながら、言いたいことははっきり口にする人間らしい。

「はあ？　俺のどこがセンスないって？」

テッドの口元が引き攣《つ》った。アメリアも内心首を傾げる。目の前のテッドはさすがオルブライト伯爵家の従者なだけあって、一分の隙《すき》もない洗練された恰好《かっこう》だからだ。しかし、仕事仲間として長年付き合ってきたスージーは、アメリアの知らない一面を知っているようだった。

「全部よ全部。仕事の時は支給された服を着るからいいけど、私服なんて壊滅《かいめつ》的じゃない！　なぜ夏用のシャツと、冬用のズボンを合わせるの？　あと休みの日に被《かぶ》ってる、あのうずまきみたいな柄《がら》の帽子《ぼうし》は何？　じっと眺《なが》めてると、私の美的感覚まで狂《くる》いそうになるんだけど！」

「あの帽子は最高だろう！　街に出たら、皆《みんな》注目してくれるぞ」

「うずまき柄に目を回してるだけよ、それ」

呆《あき》れたようなスージーの言葉がもうだめだった。アメリアは堪《こら》えきれずに噴《ふ》き出してしまう。

「おい！　お前のせいで笑われただろう！」

「変な帽子被ってるから悪いんでしょ！」

「――二人とも。ここがどこか忘れていませんか？」

白熱するテッドとスージーの言い争いを止めたのは、絶対零度《れいど》のグレンの声だった。揃《そろ》って
ぴたりと口を閉《と》ざした二人は、ぎこちなくグレンを見やる。

「黙って控えていられないのなら、出て行きなさい」

「もっ、申し訳ありませんでした……！」

仲良く声を揃えて頭を下げる二人を、グレンがやれやれといった調子で見やる。

「アメリア様。煩《うるさ》くして、食事の手を止めさせてしまいませんでしたか？」

グレンが気遣《きづか》うように言って、アメリアは「そんなことありません」と慌てて手を振《ふ》った。

「賑《にぎ》やかで、食事をするのが楽しいです。だからあの、スージーさんもテッドさんも、ここに
いてくれたら嬉しいです」

アメリアが窺《うかが》うように、この屋敷の主人であるユージンを見やった。ユージンは満足そうに
笑って、頷《うなず》いた。

「アメリアはお前達の夫婦《ふうふ》喧嘩《げんか》をご所望《しょもう》らしい。せいぜい派手にやれ」

「えっ！　お二人はご結婚《けっこん》されてたんですか！」

アメリアが驚いて声を上げると、テッドがぎょっとしてユージンに駆《か》け寄った。

「ユージン様！　からかわないでください、アメリア様が本気にしてます！」

スージーも腰《こし》に手を当てて嫌《いや》そうな顔で言う。

「そうですよ！　なんで私がこいつなんかと！　センスの悪さが伝染《うつ》ったらどうするんです！」

「おまっ、人をばい菌《きん》みたいに言うな！　こっちこそ願い下げだ！」

「……………ああ。私の愛する、朝の静寂《せいじゃく》の時間が台無しになっていく……」

グレンが一人、頭が痛いとばかりに額に手をやっている。三者三様の有様に、やはりアメリアは微笑《ほほえ》んでしまった。

――知らなかった。

誰《だれ》かと囲む食事がこんなに美味《おい》しいなんて。挨拶《あいさつ》をかえしてくれたら、一日中嬉しいなんて。気に掛《か》けてくれる人がいることが、こんなにも心を穏《おだ》やかにしてくれるなんて。

穏やかで優《やさ》しい日々。それがいかに儚《はかな》く、砂の楼閣《ろうかく》のように危《あや》ういバランスで成り立っていたのかをアメリアが思い知るのは、それから三日後のことだった。


「アメリアは庭に？」

朝食を終えたアメリアがダイニングルームから出て行って、一時間ほどが経《た》っていた。未《いま》だ部屋に残っているユージンが、アメリアの様子を見に行って戻《もど》って来たテッドに声をかける。

「はい。今はマーティンと一緒《いっしょ》に庭園にいます」

頷いたユージンは、小さく息を吐《は》いて、背もたれに体重を預けた。腹の上で手を組む。

「アメリア様が母君から伝えられたという歌ですが、こちらで調べてみたものの、手がかりはありませんね。アメリア様もあれから他《ほか》に思い出したこともないですし」

　グレンが難しい顔で自分の顎《あご》を撫《な》でた。

「薬の使い道をこちらが言えないにしても、こうまで出てこないということは、歌は関係ないのかもしれません。そもそも根本的に、幼かったアメリア様には薬の調合は知らされていなかったのではないですか？　伝える前に、母君が亡《な》くなられてしまったとか」

　グレンの懸念《けねん》に、テッドも不安そうにユージンを見つめた。

　ユージンは思案するように目を閉じる。手紙を見せてもアメリアがすぐには思い出せないだろうことは、ある程度予想していた。彼女の母親ですら、自分が『ワーズワース』という名の家に生まれたことしか分からず、『薬』や『奴《やつ》ら』のことを全く知らなかったという。だから娘《むすめ》のアメリアも『薬』と聞いて思い当たらなくても当然だった。それでもワーズワース家は、自覚のないまま継承《けいしょう》し続けてきたはずなのだ。

　ユージンはゆっくりと自分の考えを言葉にしていく。

「ワーズワース家にとって薬の伝承は、重要かつ絶対に途切《とぎ》れさせてはいけないものだったはずだ。更《さら》に命を狙《ねら》ってくる『奴ら』の存在は脅威《きょうい》だったに違《ちが》いない。何が起こるか分からない中で、伝承は物心がつく頃《ころ》には教えられてきた可能性が高い。それこそ、伝えるべき親が早くに亡くなっては意味がないからだ」

母親との思い出の中に、鍵《かぎ》は隠《かく》されているとユージンは思っていた。だからこそ、ユージンはアメリアに庭を用意したのだ。庭でよく過ごしたという、母親との記憶《きおく》を甦《よみがえ》らせるために。

アメリアが教えてくれたあの歌は、まさにユージンの考えに当てはまる。幼い頃から、繰《く》り返し繰り返し頭に刻まれる歌は、秘密を隠しつつ伝えるのにうってつけではないか。

「そうですね。アメリア様の記憶に関しては、もう少し様子を見ましょう。それよりも、危急の事態に対処すべきですね」

「まだ届かないのか」

ユージンの声が低くなる。テッドもまた深刻な面持《おもも》ちで報告した。

「はい。時間になっても届かないので、パディントン駅に人をやったのですが、やはり『荷物』は届いていませんでした」

「ディオンの妨害《ぼうがい》でしょうか」

グレンの懸念に、ユージンは沈黙《ちんもく》でもって答えた。アメリアのことはもう少し待っていられる。だがこの件は、一刻も早く解決しなければならなかった。

――ああ、喉《のど》が渇《かわ》く。

ユージンは目の前に置かれた、すでに空になっているティーカップに視線を向けて、眉《まゆ》を顰《ひそ》めた。いつの間にすべて飲んだのだろう。今日だけで何杯《なんばい》、紅茶やワインを口にした？

おぞましい飢《う》えの予兆が、ひたひたとこの身に迫《せま》っていた。

三日後の朝、アメリアはいつものように、ドアをノックするスージーを部屋に迎《むか》え入れた。

「おはようございます、アメリア様」

スージーの顔を一目見るなり、アメリアは眉を顰めた。張りのある頰《ほお》には血色がなく、紙のように真っ白だったからだ。

「スージーさん、大丈夫《だいじょうぶ》ですか？　顔色が悪いです」

「ああ。申し訳ありません。昨日は本を読んで徹夜《てつや》してしまって、寝不足《ねぶそく》なだけなんです」

スージーは自分の不摂生《ふせっせい》を笑って、今日のドレスを広げてみせる。ドレスについて語るスージーはもういつもの彼女だった。

毎日顔を合わせて話をするスージーとアメリアは、今やすっかり仲良くなっていた。最近はお互《たが》いのことを色々話すようになっていて、スージーの家族のことや、テッドとは同郷だということも知った。

選んでくれた青いドレスに袖《そで》を通したアメリアは、スージーの前でくるりと回ってみせる。その動きを見て、スージーが小さく笑った。

「どうしたんですか、スージーさん？」

「今のアメリア様の仕草、幼い頃、妹が私にしてくれたものにそっくりだったんです。私が選んであげたドレスを着て、『どう？　お姉ちゃん？』って回りながら聞くんです」

慈《いつく》しむような瞳《ひとみ》は遠くを見つめていて、妹との思い出を辿《たど》っているのだろう。家族の思い出が少ないアメリアは、スージーを羨《うらや》ましいと思うと同時に微笑ましい気持ちになった。

「二人姉妹だって以前聞きました。どんな妹さんなんですか？　やっぱりスージーさんに似て、流行に敏感《びんかん》な女性なのかしら」

「私の選んだドレスを着て、嬉《うれ》しそうににこにこ笑っている子でしたよ。写真なんてないですし、お見せすることはできませんが」

写真。スージーが放った言葉に、アメリアの頭の中でなにかが引っ掛かった。

「そういえば、この屋敷《やしき》には写真や肖像画《しょうぞうが》がないですね」

口にしてみて、その事実がよけい際立《きわだ》って感じられた。

貴族の屋敷は、歴代の領主の肖像画や家族の写真を並べるのが普通《ふつう》だ。主に領地にあるカントリーハウスに多くがあるが、タウンハウスに一枚もないのはおかしい。

屋敷の中には、ユージンの家族を思い起こさせるものが何ひとつとしてないのだ。

「……どうしてかしら」

「ユージン様は、あまり肖像画などを飾《かざ》るのがお好きじゃないんですよ。――さあ、支度《したく》ができましたよ。ダイニングルームへ行きましょう」

スージーがやんわりと話を終わらせて、微笑む。アメリアは頷きながら、内心では納得《なっとく》できなかった。本当に飾るのが嫌《きら》いなだけなのだろうか？　故意に飾らなかったのではないだろうか。そんな疑問が頭の中で渦巻《うずま》いている。だがそれこそ、何のために？

——私は伯爵《はくしゃく》の、家族の顔さえ知らない。

そして彼自身のことも、ずっとずっと、分からないままだ。まるで隠されているようで、だからこんなにも知りたいと思うのだろうか。アメリアは、自分の心すら分からなくなってきた。ここまで強く他人を知りたいと感じたのは、ユージンが初めてだったのだ。

ダイニングルームに向かうため廊下《ろうか》に出てしばらく進むと、アメリアは違和《いわ》感《かん》に首を傾《かし》げた。

「今日はやけに静かですね……」

伯爵という身分にしては、オルブライト家が雇《やと》っている使用人の数は多くない。それでも、忙《いそが》しい朝の時間は廊下で二人か三人にはすれ違うはずなのに、今日は誰とも出くわさなかった。だがふと思い直す。人が少ないのは、ここ三日間ほどずっとだった。今日は特に人と会わないので、違和感が強く気付いたのだ。

スージーは「そうですか？」と首を傾げながら、曖昧《あいまい》な笑《え》みを零《こぼ》す。

ダイニングルームに着くと、いたのはグレンだけだった。グレンはアメリアの後ろにいるスージーを見て、目を細めた。

「スージー。あとは私が給仕《きゅうじ》をするから、下がっていなさい」

どこか労《ねぎら》うような響《ひび》きで命令すると、グレンはスージーに向かって小さく頷《うなず》く。スージーは素直《すなお》に従い、アメリアに会釈《えしやく》すると部屋を出て行った。

「あの。スージーさん、朝に会った時から顔色が悪かったんです。本人は大丈夫だと言っていましたが、気に掛けてもらえますか」

スージーが出て行った扉《とびら》を見やった後、アメリアはグレンに向き直って言った。

グレンは「分かりました」と目を伏《ふ》せた後、アメリアを椅子《いす》に座らせた。

「今日、伯爵は？」

「……今日は私室にこもるとおっしゃっていました」

グレンの返答に、ではここで待っていても会えないのだと知って、アメリアは自分でも不思議なほど気分が沈《しず》んだ。いつもの朝のはずなのに、小さな違和感がずっとアメリアの頭の中で点滅《てんめつ》して、消えてくれない。それでもユージンの泰然《たいぜん》とした笑みを見れば、心が休まると思っていたのに。普段《ふだん》であれば諦《あきら》めて会話を終えてしまうが、もう少しだけ食い下がってみる。

「伯爵に、できれば会いたいんですが」

「秘薬について何か思い出したのですか？」

間髪《かんはつ》を容《い》れずにグレンが聞いてきたので、咄嗟《とつさ》に首を横に振《ふ》った。するとグレンは小さく息を吐《は》いた後、頭を下げた。

「申し訳ありませんが、伯爵は少し体調を崩《くず》しておりまして。大事なお話でないなら、日を改めていただけますか」

スージーだけでなく、伯爵まで具合が悪いという。アメリアは不安に瞳を揺《ゆ》らした。

「大丈夫なんですか？　お医者様は呼んだのでしょうか？」

「ゆっくり休めば大丈夫ですから。ご心配いただき、ありがとうございます」

穏《おだ》やかな口調だが、それ以上踏《ふ》み込ませない意思が感じられて、アメリアは口を噤《つぐ》んだ。

間が持たなくなり、紅茶を口にする。空になったティーカップを見て、すぐさまグレンが追加の紅茶を注《つ》ごうとした。

「あ、もう大丈夫です」

アメリアがカップに触《ふ》れようとした手と、グレンの手が微《かす》かに触れ合った瞬間《しゅんかん》、熱いものにでも触れたように、グレンが身を引いた。

――今、避《さ》けられた……？

「っ、申し訳ありません」

冷静な顔を取り繕《つくろ》おうとするが、狼狽《ろうばい》した声までは隠《かく》せていない。

「……いいんです。私こそ、ごめんなさい」

何に謝っているのかも分からないまま答えて、アメリアは両手を膝《ひざ》の上に置いた。目の前にはまだ半分以上食事が残っていたが、食欲《しょくよく》はすっかり消え失《う》せていた。

屋敷中が、静まり返っている。

夜になってもそれは変わらず、まるで誰《だれ》もいないのではないかと錯覚《さっかく》するほど、人の気配を感じなかった。

夕食の席にも、ユージンは姿を現さなかった。食事を終えたダイニングルームから、自分の部屋へととぼとぼと進んで行く。偶然《ぐうぜん》と思うには、あまりにも誰にも会わないる、という言葉が思い浮《う》かんで、慌《あわ》てて頭を振ることの繰《く》り返しだ。避けられてい

足はいつの間にか、自身の部屋ではなく庭へ向いていた。辛《つら》いことや不安を感じることがあると、つい庭に行くのが癖《くせ》になってしまっている。

月明かりの中咲《さ》き誇《ほこ》る花々を見て、ようやくほっと息を吐《つ》いた。変わらずそこにあり続けるものというのは、人に安心感を与《あた》える。

不安でドキドキと心臓が鳴っていたのが、少しずつ落ち着いてきた。すると、体調を崩しているという伯爵と、元気のなかったスージーがまた心配になってきた。花を眺《なが》めているうちに、ふとある考えが閃《ひらめ》く。

——花を摘《つ》んで、お見舞《みま》いに行ったらだめかな。

目に優《やさ》しい淡《あわ》い色の花を摘んで、部屋に飾ったら心が和《なご》まないだろうか。

――ううん、具合が悪いのに部屋を訪ねるなんて、迷惑《めいわく》だよね。

大事な用事以外は、日を改めるようグレンにも言われている。それなのに、すでに足は部屋に飾れる花を探して彷徨《さまよ》っている。香《かお》りのきつくない、可愛《かわい》らしい花がいい。

アメリアは何本か花を見繕って摘むと、リボンで結んで小さな花束を作る。

胸元《むなもと》に花を大事に抱《かか》えて、ユージンの私室の前までやって来た。ノックしようとする手が躊《ちゅう》躇《ちょ》し、空中で止まる。

――花を渡《わた》したらすぐ出て行こう。

一目だけでいい。顔を、見せてほしい。

湧《わ》き上がった気持ちを勇気に変えて、アメリアは思い切って扉を叩《たた》いた。

ゆっくりと扉が開く。訝《いぶか》しげな顔のユージンは、目の前に立つアメリアを見るなり、驚愕《きょうがく》に目を見開いた。

「――なぜ、ここにいるんだ」

想像していたよりも顔色が悪くて、アメリアはそちらに気を取られていた。だから、低く抑《おさ》えられた声に本気の怒《いか》りが混じっていることに、気付けない。

「あの、体調を崩したと聞きました。大丈夫《だいじょうぶ》ですか？」

「眠《ねむ》っていれば治る」

そのまま扉を閉められそうになって、アメリアは慌てて持っていた花束をユージンの目の前に差し出した。

「これっ！　お見舞いの花です。か、飾ってもらえたら……」

人に花を贈《おく》ったことなどないため、緊張《きんちょう》で言葉が喉《のど》でつっかえてしまう。しかし、ユージンは花よりもそれを持つアメリアの手元を見て、ギクリと体を固めた。

「その指の傷、どうしたんだ」

え？　とアメリアは自分の手元を覗《のぞ》き込む。右手の人差し指に細く赤い線が走っている。

「ああ。花を摘む時に、少し切ったみたいですね」

些細《ささい》な傷だ。指摘《してき》されるまで気付かなかったほど、全く意識していなかった。しかし、ユージンはまるで吸い寄せられるように傷口を凝視《ぎょうし》している。

居心地《いごこち》が悪くなるほど熱心に、丹念《たんねん》に傷をたどる視線は、自分が暴《あば》かれていくような、ぞくぞくする本能的な恐怖《きょうふ》を感じさせた。

「あの、伯爵《はくしゃく》……？」

アメリアの声に、ユージンは我に返ったように一歩身を引いた。魅入《みい》っていた自分に対して嫌悪《けんお》したような表情で、もうアメリアの顔を見ようともしない。

「出て行ってくれ。それから君は自分の部屋に鍵《かぎ》をかけて、一歩もそこから出るな」

「あ、花……」

アメリアはなんとか花だけでも受け取ってほしくて、もう一度差し出してみる。だが、ユージンは恐《おそ》れるようにそれを振り払《はら》った。花束が床《ゆか》に落ちる。

「出て行ってくれ」

もう一度、ユージンは言った。

「――早く！」

拒絶《きょぜつ》しかないその声に、ようやくアメリアの足は動き、後ろへ数歩下がった。静かな屋敷《やしき》内に、バタンと扉の閉まる大きな音が響いた。

アメリアはその場に立ち尽《つ》くし、のろのろとしゃがみ込んだ。落ちた花束を拾おうとしたのだ。結んだリボンはほどけかかっており、花びらが散乱している。

ふと人の気配を感じて、アメリアは顔を上げた。苦痛を抑《おさ》えこむような顔で、朝に別れたきりのスージーが立っている。

「……あ、スージーさん……」

声をかけると、大げさなほどビクつかれてしまう。アメリアは焦《あせ》りながら、立ち上がって一歩歩き出した。

怯《おび》えるようにスージーは踵《きびす》を返し、廊下《ろうか》を走り出す。

「あっ、待って！　スージーさん！」

ユージンに拒否された衝撃《しょうげき》を未《いま》だ抱えながら、もつれる足で追いかけようとする。だが、どこかの部屋に入ってしまったのか、すぐに見失ってしまう。これだけ大きな声を出しているというのに、使用人の一人さえ顔を出すこともない。もちろんユージンが現れることもなかった。夜の廊下は暗くて静かだ。そして誰もいない。挨拶《あいさつ》を返してくれる人も、一緒《いっしょ》に食事をしてくれる人もいない。自分は独りぼっちなのだと、屋敷中の人に言われている気分になった。

「…………っ」

堪《たま》らなくなって、アメリアはその場を駆《か》け出した。

――どうして？　一人になることなんて、バーンズ家で慣れたはずなのに。

ユージンの、鋭《するど》い拒絶の声が甦《よみがえ》る。冷たくされても、仕方がないと諦《あきら》めてきた。今回だって、同じように諦めればいいことだと、懸命《けんめい》に自分に言い聞かせようとする。

だが、だめだった。心が抉《えぐ》られるように痛い。自分のしてきたことは、独りよがりなことだったのだろうか？　ユージンも皆《みんな》も、本当は自分を疎《うと》ましく思っていただけ？　そうは思いたくないから、余計に痛い。

孤独《こどく》という闇《やみ》が背後から迫《せま》ってくるような気がして、アメリアは振《ふ》り切るように走り続けた。やがて建物の外に出て、庭の横も通り抜《ぬ》ける。そして決して出てはいけないと言われた門さえ、くぐってしまった。

アメリアは一人、夜の闇の中を、追い立てられるように進んだ。

――ここ、どこ……。

勢いよく飛び出したのはいいものの、とっくの昔に息は切れて、アメリアは足を引きずるようにして歩いていた。

ロンドンの街から外れているのは確かだ。民家がどんどん消えて、切れかかったような街灯がちかちか点滅《てんめつ》している。

屋敷の庭園にいた時は顔を見せていた月は雲に隠《かく》れてしまい、辺りは濃《こ》い霧《きり》に包まれていた。

「血だ」

ふいに、興奮したような上擦《うわず》った声が上がった。

「血の匂《にお》いがする」

ひそひそと複数の声がして、アメリアは周囲を見やった。しかし、霧のせいでよく分からない。アメリアを囲むように四方から聞こえてくるのに、影《かげ》が見えないのだ。

「甘い香り……。極上《ごくじょう》の美酒のようだ」

「存分に啜《すす》れば、さぞかし美味《うま》かろう」

――何言ってるの……？

アメリアが目を凝《こ》らしていると、一陣《いちじん》の風が吹《ふ》いて周囲の霧が散っていった。ようやく目の前に、十人程《ほど》の人間が立ちはだかっているのが分かる。男性が圧倒的《あっとう》に多いが、女性の姿もあった。身なりもそれぞれで、上流階級かと思われる上等な服を着ている紳士《しんし》もいた。こんな夜中に集団で何をしているのだろうか。店も周囲にないような場所で、明らかに異様だった。

「お嬢《じょう》さん」

にこにこと笑《え》みを浮《う》かべた老紳士が、一歩前に進み出た。

「頂けませんかな？」

花売りにコインを差し出すような気軽さで、老紳士が言う。「なにを」と言ったきり言葉が途切《とぎ》れたのは、老人の口元に視線が吸い寄せられたからだ。

「なにをとは、決まっているじゃないですか」

両側の八重歯《やえば》が他《ほか》の歯よりも伸《の》びて、切っ先が鋭くなっている。牙《きば》、という言葉が頭を過《よ》ぎった瞬間《しゅんかん》、アメリアは老人に喉を噛《か》みつかれそうになった。

寸前のところで体が危険を察知し、避《よ》けきる。

「な、なにし……っ」

「血を」「血を」「血を」「血を」

老人だけでない。後ろに控《ひか》えていた他の人達も、じりじりとアメリアに迫ってきた。うなじが痺《しび》れるように痛んで、恐怖で足が凍《こお》りつく。

誰《だれ》かがアメリアの腕《うで》を摑《つか》んだ。振り払おうとするが、びくともしない。引き寄せられ、髪《かみ》を乱暴にかき分けられて首筋を暴かれる。

飛び込んできたのは、大きく口を開けた男の牙と、アメリアの恐怖など関係ないとばかりの、理性を失ってらんらんと輝《かがや》く瞳《ひとみ》だった。

悲鳴さえ、出ない。


「彼女に触《ふ》れるな」

聞き覚えのある声がしたと思ったら、目の前が赤く染まった。拘束《こうそく》していた腕が外れ、アメリアは広い背中に庇《かば》われる。

「……あ……」

「怪我《けが》は？　どこも傷つけられていないか？」

立っていたのはユージンだった。警戒《けいかい》するように周囲に視線をやったまま、問いかけてくる。肩《かた》で大きく息をしていて、急いでここに来てくれたことが分かった。額にはうっすらと汗《あせ》が滲《にじ》んでいる。

助けに来てくれたのだと、安堵《あんど》のままユージンの腕に手を伸ばしかけた時、彼の足元に倒《たお》れている人影《ひとかげ》を見て肩を揺《ゆ》らす。

「あの、この人は……っ」

「質問に答えるんだ！　血は吸われていないな？」

必死な顔つきで言われて、アメリアは口を噤《つぐ》んだ後、慎重《しんちょう》に頷《うなず》く。血を吸う、とユージンは口にした。彼はアメリアが、どんな危険に遭遇《そうぐう》したのか知っているのだ。

「アメリア様！　ご無事ですか！」

テッドが駆け寄ってくる。テッドだけでなく、今日は一度も見ていなかったオルブライト家の使用人達の姿があった。と、横から一人の男がテッドに掴みかかって来る。

アメリアは叫《さけ》びそうになるが、テッドは予測していたかのようにひらりと身を躱《かわ》した。逆に相手の腕を捉《とら》えて引きつけ、肘《ひじ》で顎《あご》に殴打《おうだ》を食《く》らわせている。

テッドだけでなく、今や使用人達全員が、アメリアを襲《おそ》ってきた人間達と対峙《たいじ》していた。戦いが、そこかしこで始まる。

アメリアは、その異様な光景を呆然《ぼうぜん》と見つめた。そもそもこんな夜中に戦っていること自体おかしいが、言葉を失うほど衝撃を受けていた理由は彼らの動きにあった。

――人って、こんなに速く動けるものなの？

襲ってくる人間達も、それを受けるオルブライト家の使用人達も、アメリアの目が追いつかない程《ほど》に速い。そしてお互《たが》いに、まるで容赦《ようしゃ》がなかった。

テッドが相手に足払《あしばら》いをかけて吹っ飛ばすと、荷物のように人が転がっていく。動かなくなった背中を見て、アメリアは蒼白《そうはく》になった。思わず足を踏《ふ》み出す。

「もうやめましょう！　死んでしまいます！」

しかし、ユージンの背中がアメリアを押しとどめる。

「いいからここにいろ。私の傍《そば》から動くな」

「でも！」

「奴《やつ》らも私達も、死んだりはしない」

妙《みょう》にはっきり断言されて一瞬戸惑《とまど》うが、納得《なっとく》できるはずもない。アメリアを安心させるために言ったのだろうが、今目の前で繰《く》り広げられている光景はあまりに苛烈《かれつ》だ。

ふと影ができたと認識《にんしき》した瞬間にはもう、ユージンは動き出している。相手がユージンの左手を摑んでくるが、ユージンは引くどころか逆に進み出て、自分の左足を相手の右足の後ろに引っかけて踏み込んだ。同時に右手で、相手の喉《のど》を摑んで後ろへと投げ飛ばす。

流れるような動作はそのまま、次に襲ってきた敵に向かう。今度はユージンが相手の腕を両手で摑むと、体を回転させながら腕を強く引っ張った。その時手首を捻《ひね》り上げながら、肘の関節を上から押し下げる。骨の折れる鈍《にぶ》い音がアメリアの耳にもはっきり聞こえて、敵がうめき声を上げた。

ユージンは顔色を変えることなく、向かってくる敵を倒していく。その強さは圧倒的で、敵は次々と膝《ひざ》を折って地面に倒れ込んだ。

だが敵は少しすると、またふらりと立ち上がってユージン達に向かってくる。まるで痛みを感じていないように、敵はアメリアをじっと見つめて、「血」と一言囁《ささや》く。その執着《しゅうちゃく》に、ぞっとした。

——なんなの、これ。人間じゃ、ない……？

馬鹿《ばか》なことを考えていると自分でも思うが、説明のつかない光景に納得のいく答えが見つからない。

「相変わらず、やることが派手だな、ユージン」

その時、混乱した場には相応《ふさわ》しくない、優《やさ》しく柔《やわ》らかな声が上がった。

声を聞いた瞬間、ユージンを取り巻く雰囲気《ふんいき》が一層鋭《するど》く硬《かた》くなったような気がする。後ろに囲われているアメリアも、肌《はだ》を刺《さ》されるような空気を感じ取った。恐《おそ》る恐る背後を振《ふ》り返る。

「……あ！　あなたは……」

アメリアは目を見開いた。立っていたのは一人の青年だった。アメリアがレストランを出た道で見た、あの青年だ。

「初めまして、ワーズワースの癒《いや》し子。お目にかかれて光栄だ」

ふわりと花が綻《ほころ》ぶような笑みが、殺伐《さつばつ》としたこの場に相応しくなく、かえって異様に感じてしまう。

「挨拶《あいさつ》が遅《おく》れてしまって申し訳なかったね。ユージンが君を独《ひと》り占めするものだから、なかなか機会が作れなかったんだ」

「ディオン。劣勢《れっせい》は明らかだろう。去れ」

アメリアを見つめるディオンの緑の瞳を遮《さえぎ》るように、ユージンが間に入って声を上げた。アメリアははっとして周囲を見つめる。確かに、アメリアを襲ってきた人々はユージンの屋敷《やしき》の者達によってほとんど地面に倒されている。

ディオンは特に慌《あわ》てる様子も見せずに、やれやれと肩を竦《すく》めてみせた。

「全く情けないね。二日間も血を与《あた》えずにおいたんだ、もっと死に物狂《ものぐる》いになってくれないと」

「……まだそんな、人を弄《もてあそ》ぶようなことをしてるのか」

「『人』じゃないだろう、ユージン。我々は『人』とは違《ちが》うんだ」

薄《うす》い唇《くちびる》が弧《こ》を描《えが》いて、ディオンが酷薄《こくはく》そうな笑みを浮かべた。

「でもまあ、負けて当然かもしれないね。だって君達は三日も食べていないはずだ。死に物狂いなのはそちらということか」

「やはりお前の妨害《ぼうがい》か」

「妨害なんて人聞きが悪いね。下等な行為《こうい》をしようとする仲間の目を覚まさせようとしてるんじゃないか」

「仲間だと？　どの口がそれを言う」

睨《にら》み合う両者を、アメリアは戸惑《とまど》った顔で見返した。意味の分からない会話が続けられている。それに気付いたのか、ディオンがアメリアに向かって微笑《ほほえ》んだ。

「ああ、一人にして悪かったね。ほらユージン。彼女が混乱してるよ、説明してあげないと」

楽しげな表情を浮かべるディオンに、なにか気付いた様子のユージンが眼差《まなざ》しを強くする。

「それが目的か」

「隠《かく》し事はよくないよ、ユージン。君がどんなに恐ろしい生き物なのか、彼女に知ってもらわなくちゃいけない」

「……恐ろしい、生き物?」

小さく呟《つぶや》いたアメリアの言葉に、ピクリとユージンの肩が揺《ゆ》れた。襲い掛《か》かってくる敵には動揺《どうよう》の欠片《かけら》も見せなかったのに、今のユージンの瞳《ひとみ》は揺らいでいる。

アメリアの心の中に、みるみると反発心が湧《わ》き上がってきた。庇うようにユージンの背中に隠されていたアメリアは、震《ふる》える足で前に踏み出し、ユージンとディオンの間に立つ。

「……伯爵《はくしゃく》は、恐ろしい人なんかじゃ、ありません……!」

食って掛かった自分に、自分自身で驚《おどろ》く。以前のアメリアなら、ただじっと目の前の出来事が過ぎていくのを耐《た》えるだけだった。しかし、今のアメリアは違う。ユージンが悪く言われるのが、許せなかった。その気持ちを伝える術《すべ》を、アメリアは彼に教えてもらったのだ。

ディオンはアメリアの視線を軽くいなした。子猫《こねこ》にひっかかれた程度にしか思っていないのだろう。それどころか、うっとりとした陶酔《とうすい》の笑《え》みを浮《う》かべている。

「ああ、いいね。君が信頼《しんらい》を寄せるほど、ユージンは苦しんでくれる。真実を知った時、君はどうするかな？　それでもこの男の腕《うで》に囲われていられるだろうか」

ディオンは、胸元《むなもと》から皮袋《かわぶくろ》を取り出した。

「ワーズワースの癒し子よ、よく見ておくといい」

何かが入った皮袋がタプンと揺れて、目を見開いたユージンが奪《うば》い取ろうと一歩前に出る。

しかしそれよりも早く、ディオンは摑《つか》んでいた袋の中身をその場にぶちまけた。

パシャンと軽い音とともに、地面が一瞬《いっしゅん》で赤く染まる。

「ひっ」

喉が引き攣《つ》ったような悲鳴を漏《も》らして、アメリアは後ずさった。つんと鉄錆《てつさび》のような匂《にお》いが鼻を刺して、目の前に広がったものがなんなのか嫌《いや》でも教えてくれる。

「血だ……！」

アメリアが思うより先に、興奮したような声が周囲にさざめいた。今まで倒《たお》れていたアメリアを襲っていた人々が、足を引きずったり地面を這《は》うようにして、その血の周囲に集まり出す。ずず、と誰《だれ》かが血を啜《すす》る音がして、アメリアはその衝撃《しょうげき》的な光景に眩暈《めまい》を起こしそうになる。

——血を、飲んでる。どうして？　なんで、なんでそんなことするの！

襲われた時から、「血をくれ」と言葉では言われていた。しかし実際目《ま》の当たりにすると、そのおぞましさは想像を超《こ》える。生理的な拒否反応《きよひはんのう》で、胃がせり上がってくるようだ。

だが、衝撃はこれで終わりではなかった。ふらりふらりと、一人の青年が血だまりに近付いてくる。見覚えのある顔に、目を見開いた。

ジムという名のその青年は、オルブライト伯爵家の使用人の一人だった。なにかに魅入《みい》られたように、その瞳は血だまりだけを凝視《ぎょうし》している。さきほどアメリアに襲い掛かってきた人間の、理性を失った異様に輝《かがや》く瞳を思い出した。

すぐにテッドや他《ほか》の使用人達が、ジムに摑みかかって止めようとする。

「やめろ、ジム！　本能にのまれちゃだめだ！」

「でも、あそこに血が」

「俺達が飲む『血』は違うだろ！　もう少しで届くから、我慢《がまん》するんだ！」

「でも血、血が……！」

うわ言のように「血」と繰り返すジムの姿に、アメリアは言葉を失う。いつも明るく元気に挨拶をしてくれる人だった。庭へ行こうとするアメリアに、つばの広い帽子《ぼうし》を勧《すす》めてくれたりもした、優しい人。

「止めることなんてないじゃないか、君達だって腹が空《す》いているだろう？　無理せず飲んでしまえばいい。ああ、それとも新鮮《しんせん》な血じゃないからいらないかい？　だったらほら、……適任がいる」

ディオンがひたと、アメリアを指差した。

「その体に流れる血は、蕩《とろ》けるように甘いだろうね。ワーズワース家の血筋だ、血も特別なのかもしれない。飲んでみたくはないかい？」

歌うような声に、テッド達もギクリと体を強張《こわば》らせる。ふとジムがアメリアを見た。『日射病になったら大変です』と帽子を差し出してくれたあの瞳は消え、獲物《えもの》を見つけた捕食者《ほしょくしゃ》の光が一瞬宿る。

殺される、と本気で思った時だった。

「――我々は、『人の血』に屈《くつ》しない」

場を切り裂《さ》くような一声に、皆《みんな》の視線が一人の青年に集まった。

再びアメリアを背に庇《かば》ったユージンが、意志のこもった青い瞳で宣言する。

「誓《ちか》いを立てた。我々は、人を傷つけない。強靭《きょうじん》な意志によって、本能を捻《ね》じ伏《ふ》せると」

ディオンに呑《の》まれていたその場の空気が、ふっと霧散《むさん》する。

「……そうだ！　俺達は人の血なんていらない！」

テッドが賛同するように声を上げると、周囲も息を吹《ふ》き返したように声を上げる。

「そうだ！」「俺達は屈しない！」「アメリア様の血を飲むわけがない！」

「ジムだってそうだろ!?」

羽交《はが》い締《じ》めにしたジムに、テッドが語りかけた。

「あ、……ああ」

呻《うめ》くような声を上げて、ジムがずるりと体の力を抜《ぬ》いた。瞳に理性の色が戻《もど》ってくる。

「……お膳立《ぜんだ》てしてやったというのに、ここまで下等に成り下がっていたとはね。残念だよ、ユージン」

眉《まゆ》を顰《ひそ》めたディオンに、ユージンが向き合う。

「お前達と、我々は違う」

「本質は同じだろう？　認めないのはお前達が弱いからだ。……ああ、癒《いや》し子よ。名残惜《なごりお》しいが今日はここでお別れしよう」

そう言うと、ディオンはユージンが捕《つか》まえようとするより先に、身を翻《ひるがえ》した。霧《きり》に紛《まぎ》れて、その姿は一瞬のうちに視界から消えてしまう。気付けば、血だまりにいた人々の姿もなくなっていた。

残されたのは、アメリアとユージン達だけだ。空気が張りつめたように硬《かた》くなり、誰も言葉を発さない。

しばらくして、ユージンが口を開いた。

「アメリア。本当に怪我《けが》はしていないな？」

「……あなた達は」

ユージンの質問に答える余裕《よゆう》もなく、アメリアは声を振《ふ》り絞《しぼ》って聞いた。

「あなた達は、一体なんなんですか……？」

使用人達が、一様に視線を落とした。ユージンだけはアメリアの縋《すが》るような瞳を静かに受け止め、やがて、痛みを堪《こら》えるかのような歪《いびつ》な微笑みを見せた。

そして、自らの正体を明かす。

「吸血鬼《きゅうけつき》だよ」

アメリアの目の前が、ぐらりと揺れた。


——今、伯爵は何て言ったの？

頭の中が、混乱でぐちゃぐちゃになっている。

「……吸血鬼……？」

かぼそいアメリアの声に、ユージンは頷《うなず》いた。

「ああ。君にすべてを話す。だからまずは屋敷《やしき》に戻ろう」

ユージンが手を差し出すが、アメリアはびくっと肩《かた》を震わせて後ろに一歩下がった。彼の手には、敵を倒した時のものだろう、血が付いている。

怯《おび》えたアメリアを見て、ユージンは瞳を伏せて手を下ろした。

――ああ、だめ。こんな、傷付けるつもりは……。

だが、気持ちに反して体は相変わらず恐《おそ》ろしさに震《ふる》えている。

「……アメリア様」

その時、テッドに支えられるようにして立っていたジムが声をかけてきた。アメリアの脳裏《のうり》に、彼に本気で殺されると思った記憶《きおく》が一気に甦《よみがえ》ってくる。

「……こっ、来ないで……」

気付けばそう口走り、更《さら》に後ずさろうと体が動いた。しかし、震える足はうまく動かず、もつれてその場で尻餅《しりもち》をついてしまう。

「アメリア様！」

慌《あわ》ててテッドが駆《か》け寄ろうとするが、先ほどユージンの手さえとらなかったアメリアを思い出し、ぐっと押し留《とど》まる。

アメリアは今、心底怖気《おじけ》づいていた。異常な執着心《しゅうちゃくしん》で、血を吸う人々。それが見ず知らずの人だけでなく、今まで屋敷で一緒《いっしょ》に暮らしてきた人もそうなのだという事実。人としてではなく、『獲物』を襲《おそ》う目で見られたことは、アメリアが震え上がるほど恐ろしくさせた。

視線を落とし、自分自身を抱き締めるように腕《うで》で囲う。狭《せま》くなった視界は、バーンズ家にいた頃《ころ》によく見ていた景色だ。胸に突《つ》き刺《さ》さるような心ない言葉も、辛《つら》い境遇《きょうぐう》も、こうして目を瞑《つぶ》り耳を塞《ふさ》いで、耐《た》えてきた。

その時、何度目になるか分からない、叱咤《しった》するユージンの言葉が脳裏に響《ひび》いた。

『人と話す時は目を見る。きちんとこちらを向きなさい』

アメリアは今まで、この言葉を胸にユージンを含《ふく》めた屋敷の人々を見てきた。相手の顔を見ることで、分かることはたくさんあるのだと知った。

――彼らは今、どんな顔をしてる？

勇気を掻《か》き集め、そっと顔を上げる。最初に見えたのはユージンだ。青い瞳《ひとみ》には悲しさが湛《たた》えられているように感じる。視界の端《はし》に一瞬《いっしゅん》黄色が過《よ》ぎって、アメリアはユージンの胸ポケットに視線を合わせる。

黄色の正体は、アメリアが作った花束の花だった。

――拾ってくれたんだ。

ユージンに振り払《はら》われて床《ゆか》に落ちた花は今、彼の手によって拾われ、守るように胸元《むなもと》に入れられている。

周囲にも視線を走らせる。誰《だれ》も彼もが、その場で動けずに苦しい表情でアメリアを見ていた。捕食者の目も、理性を失った瞳もない、あるのは深い悲しみだけだ。

……本当は、分かってる。

アメリアは、両膝《りょうひざ》に置いた自分の手をぎゅっと強く握《にぎ》りしめた。力の抜けた足に活を入れて、自分の足で立つために。

——本当は、目の前の人達が、優《やさ》しい人なんだってちゃんと分かってる。

恐怖《きょうふ》は未《いま》だ胸の中で暴れている。先ほど見た光景は脳裏から拭《ぬぐ》い去ることはできない。だが、それより長い時間、アメリアは屋敷でユージン達と接してきた。その姿が真実だと、アメリアは信じる。

怖《こわ》い気持ちと、怖くない気持ちが、不思議と胸の中で落ち着いた。アメリアはしっかり顔を上げて、立ち上がる。

「取り乱してごめんなさい。……屋敷に、戻りましょう」

——皆の顔を見て、話を聞いて。まずは、それからだ。

周囲に、ほっとした空気が流れた。

「……ありがとう」

屋敷に戻る間、隣《となり》にいたユージンがそれだけを言った。聞こえるか分からないほどの、いつも自信のあるユージンにしては珍《めずら》しい吐息《といき》のような声だ。

その言葉を聞いただけで、揺《ゆ》れるその青い瞳を見ただけで、アメリアは自分の行動が間違《まちが》っていないのだと思えた。

三章　永遠を生きる者達

屋敷に戻《もど》ったアメリアは、ダイニングルームで一人待たされていた。

十分ほどして、ユージン達が部屋に入ってくる。他《ほか》の使用人達も、皆揃《みんなそろ》っているようだった。

グレンが温かい紅茶を出してくれて、一口飲む。その温かさに、強張《こわば》った体がほぐれていく。

アメリアがほっと息を吐《つ》いたところで、ユージンが口火を切った。

「ここにいる者達は、先ほど言ったようにすべて吸血鬼なんだ」

息を呑《の》むアメリアは、周囲を見返した。いつも会う人物で、今ここにはいない人物が何人かいることに気付く。

「……マーティンさんや、御者《ぎょしゃ》の方は違うんですね」

「ああ。薄々《うすうす》気付いているかもしれないが、日の当たる場所で仕事をする使用人に、吸血鬼はいない。我々吸血鬼は太陽の光に弱いんだ。死ぬことはないが、日光に直接当たると激しい火傷《やけど》を起こす」

屋敷の窓が少ない理由が、ようやく理解できた。彼らは光を厭《いと》っていたのだ。そして使用人の中にも、吸血鬼と人間に分かれていることを知る。マーティンは庭師であり、外が彼の仕事場になる。馬車を操《あやつ》る御者や馬を管理する使用人達も、昼に外に出られなければ仕事にならないだろう。

「マーティンさん達は、皆《みな》さんが吸血鬼《きゅうけつき》だと知っているんですか」

「まさか。自分の身近に吸血鬼がいると知ったら、恐ろしくて傍《そば》にいられないだろう」

アメリアは自分の考えなしの質問に顔を赤くする。

「ごめんなさい」

「いや、それを言うなら、本来君だって我々の傍にいてはいけないんだ。危険の方が大きい」

それでも、ユージンは危険を承知でアメリアを屋敷に呼んだのだ。ここからが、話の本題だと身構える。

「先ほど吸血鬼は太陽の光に弱いと言った。だから我々は夜に行動する。人より体力や速さ、治癒《ちゆ》力といったものは高いだろう。なにより、我々が人間とは全く異なる部分がある。それが、血を吸うことと、そしてほぼ不老不死に近いということだ」

不老不死、と言っても、この場にいる全員に喜びの表情は見当たらない。更に、血を吸うという言葉には嫌悪《けんお》の表情すら見られた。アメリアは意を決して聞いた。

「では皆さんも、その、血を……？」

これ以上口にできなかった。

「吸血鬼には、現在二つの派閥《はばつ》が存在するんだ」

アメリアの言葉を引き取るように、ユージンが続けた。

「派閥？」

「ああ。人間を餌《えさ》とみなして支配しようとする吸血鬼と、人間に戻りたいと考える吸血鬼で分かれている。先ほど会ったディオンは、人間を餌とみなす吸血鬼の派閥の長だ」

皮袋《かわぶくろ》から血をぶちまけたディオンの顔が甦《よみがえ》ってくる。彼は本当に楽しそうに笑っていた。

ユージンは、周囲を見渡《みわた》して言った。

「我々は、人間に戻りたいと考えている吸血鬼だ。人の血を飲むことを拒《こば》んでいる。だが、人間が食事を絶つように、我々吸血鬼も血を絶ってしまっては餓死《がし》するだけだ。先ほど不老不死に近いと言ったのはこのためだ。我々は血を飲まないことで、唯一《ゆいいつ》、飢《う》えという死を選べる」

アメリアは言葉を返せなかった。つまり吸血鬼は、年も取らずほとんど死ぬことはない。ひとつだけ永遠とも思える人生を変えることができるのが、餓死だと言っているのだ。

「でも人の血を拒んでいるなら、一体どうやって……」

「動物の血を、我々は飲んでいる。オルブライト家の領地で狩《か》りをして、獲物《えもの》となる動物を確保しているんだ。ロンドンにいる間は、カントリーハウスで待っている仲間が狩りをして血を送ってくれることになっている」

だが、とユージンは苦い顔で続けた。

「ここ三日ほど、領地から血が届かなかった。届くはずになっている駅から辿《たど》ってみても、形《けい》跡《せき》が見つけられない。……ディオンの妨害《ぼうがい》だったわけだが」

ユージンとディオンが交《か》わしていた会話が思い出された。そして、気付く。

「ここ三日……」

アメリアが思い至ったのが分かったのか、ユージンが苦く笑う。

「そうだ。我々の君への態度がおかしくなったのは、領地からの血が届かなかったからだ。空腹状態のところに、君という人間が傍にいる。吸血行為《こうい》というのは、吸血鬼に植え付けられた激しい生存本能なんだ。血に飢えた状態であれば、どんなきっかけで君を襲《おそ》うとも限らない。君を傷つけさせないためには、避《さ》けるしか術《すべ》がなかったんだ」

「申し訳ありませんでした、アメリア様……」

テッドとスージーが、揃って頭を下げた。アメリアはふるふると首を横に振《ふ》った。そして、勝手に見捨てられたような気分になっていた自分を、心の底から恥《は》じる。彼らはアメリアを疎《うと》ましく思っていたわけではない。自らの牙《きば》から、アメリアを必死に守ってくれていたのだ。

「私こそ、ごめんなさい……」

怪我《けが》をしたアメリアをああまで激しく拒絶《きょぜつ》したユージンの態度も、今なら分かる。怪我をして血の気配を漂《ただよ》わせたアメリアを見て、ユージンはどれほどの意志で衝動《しょうどう》を捻《ね》じ伏《ふ》せたのだろう。すべては守るための、裏返しの行為だった。バーンズ家で、『目に見える事実だけが、真実とは限らない』と言ったユージンの言葉が甦る。

「そして、ありがとうございます」

守ってくれたこと、屋敷《やしき》から飛び出したアメリアを助けに来てくれたこと、すべてを含《ふく》めて、アメリアは立ち上がって皆に頭を下げた。

「……そこで礼を言うような君だから、困るんだ」

ぽつりと零《こぼ》したユージンの言葉は、アメリアには聞き取れなかった。

「でも、血が届いていなかったのなら、今は大丈夫《だいじょうぶ》なんですか？」

アメリアは心配になって聞いた。

「大丈夫です。先ほど、血は届きました。皆すぐに飲みましたから、アメリア様を脅《おびや》かすような事態にはならないとお約束します」

グレンが皆を代表して言う。先ほどアメリアがダイニングルームでしばし待たされたのは、彼らが血を飲んでいたからなのだろう。アメリアに見せないよう、配慮《はいりょ》してくれたのだ。

「我々、人間に戻りたいと願う吸血鬼は少数派だと思う。ほとんどがディオンのような考え方だ。長く生きてきたことによって知識の面でも、人間は吸血鬼に遠く及《およ》ばない。だから人間は下等で、餌でしかない、というものだ。そして動物の血を飲む我々も、下等だと言われている」

「そんな……」

アメリアは何と言っていいか分からなくなったが、ユージンが自分達を卑下《ひげ》した様子は全くなかった。それどころか、その青い瞳《ひとみ》には強い意志が見え隠《かく》れする。

「ディオン達に何を言われたところでどうでもいい。我々が望むことはひとつ、人に戻りたい。限りある生を生きて、血など飲まない生活を送りたい、それだけなんだ」

そこでユージンは、ひたと青い瞳をアメリアに向けた。

「我々は、人間に戻る方法を探し続けてきた。そうして、ようやく見つけた。ワーズワースの生き残りである君だ、アメリア」

ワーズワースの生き残り。

先ほどディオンもアメリアのことを、『ワーズワースの癒《いや》し子』と呼んでいた。

「もしかして、伯爵《はくしゃく》や父が求めている薬って……」

「そうだ。君には母方に当たるワーズワース家という血筋の血が流れている。彼ら一族は邪気《じゃき》を浄化《じょうか》する力をその身に宿しているとされ、一族しか知り得ない薬の数々は、絶大な効能を持つと言われている」

アメリアは思わず、自分の手のひらをじっと見つめた。そんな魔法《まほう》のような力が、自分に宿っているなんて思えない。何の取り柄《え》もたない、ただの小さな手だ。

「ワーズワース家は、その特殊《とくしゅ》な力と、秘伝の薬の調合によって、吸血鬼を人間に戻す薬を作り上げることに成功した」

　ユージンの話によると、百年以上前、吸血鬼が人間を支配しようと戦いを起こしたことがあるという。ワーズワースの薬はその時に作られ、薬によってかなりの数の吸血鬼が減った。だが、吸血鬼が全滅《ぜんめつ》することはなかった。残った吸血鬼達は最後に激しい抵抗《ていこう》を見せ、逆にワーズワース家は大打撃《だいだげき》を負う。やがて一族は衰退《すいたい》していき、血筋は途絶《とだ》えて歴史からその名が消えた。

「だが、実は血筋は途絶えてはいなかった。一族の名を隠してワーズワース家は細々と血を繋《つな》ぎ、君の母親に辿り着く。そして今、最後の生き残りは君になった」

「では、父は……」

「ロイドは、薬の在《あ》り処《か》を調べる代わりに、我々にアメリアを他《ほか》の吸血鬼から守るよう交換《こうかん》条件を提示したんだ」

　今までフォーガス氏と言ってきたのに、「ロイド」と名前で呼んだことに首を傾《かし》げた。

「伯爵は、父と親しいんですか」

「まあ、腐《くさ》れ縁《えん》というところだな」

　多くは語らず、ユージンは苦笑いした。

「ロイドは現在、ワーズワース家が住んでいた場所の手がかりを得たらしく、探し回っているところなんだ。進展があれば連絡《れんらく》が来る」

知らなかったことが、どんどん目の前に明かされていく。どう受け止め、どう動いていけばいいのか、アメリアは必死に考える。

その時、ふらりと一人の青年が進み出た。ジムだった。

「アメリア様、恐《おそ》ろしい思いをさせてしまって、本当に申し訳ありませんでした」

ジムは蒼白《そうはく》な顔で、深く頭を下げる。先ほど「来ないで」と言ってしまったアメリアは、慌《あわ》てて彼に駆《か》け寄った。彼はずっと、アメリアに謝る機会を窺《うかが》っていたのかもしれない。

「私はもう大丈夫です！　頭を上げてください……」

「いいえ、……っ、いいえ！　私はあの時、理性を失っていました。あなたを殺してでも、血を飲みたいと思った！」

ジムは苦悩《くのう》の表情で頭《かぶり》を振る。

「ユージン様、申し訳ありません……！　私はもう少しで誓《ちか》いを破りそうになった。人の血なんて飲みたくないのに！　本当に本当に、飲みたくなんてないのに！　どうしてこんな風になるんだ……！　おぞましいことだと何度思っても、体が言うことをきかない！」

血を吐《は》くような、悲痛な叫《さけ》びが部屋に木霊《こだま》した。テッドがジムに駆け寄り、崩《くず》れ落ちた彼の背中を気遣《きづか》わしげに擦《さす》っている。これが、彼らの苦しみなのだ。

アメリアはぎゅっと自分の胸を押さえた。ジムは泣いていた。アメリアに帽子《ぼうし》を差し出した優《やさ》しい心の奥で、こんなに重く辛《つら》い苦しみを抱《かか》えていたのだ。そしてそれは、今この部屋にいるすべての人達も同じだった。不老不死という言葉が、重くのしかかる。終わらない生の中で、彼らはずっと苦しみ続けている。

「だが、お前は一線を越《こ》えなかった」

静かな声は、ユージンのものだ。

彼はゆっくりと椅子《いす》から立ち上がり、ジムの前に立つ。

「でも！　テッド達やユージン様が止めてくれなかったら……、私は……」

「お前が間違《まちが》ったら、私達はお前を必ず止める。なんのために私達がいると思う？　一人で止められなかったら、それ以上の力で止めてやる。お前にはまだ、私の声を聞く理性はあった。それで十分だ」

ジムがユージンを見上げ、やがてくしゃりと顔を歪《ゆが》ませた。

「……はい……、はい。ありがとうございます……」

「絶望するには早すぎる。お前に改めるところがあるとしたら、もっと楽観的になることだな」

沈鬱《ちんうつ》だった空気が一瞬《いっしゅん》で消えて、使用人達の瞳に明るい光が宿った。つくづく、ユージンという人は場の空気を握《にぎ》るのが上手《うま》い。

そう考える一方で、アメリアは、精悍《せいかん》なユージンの横顔を見つめた。

——伯爵は、ずっと自分の運命に抗《あらが》い続けてきた人なんだ。

理不尽《りふじん》な運命を受け入れ、諦《あきら》めるのではなく、傷ついてもいいから自分の望む人生を摑《つか》もうとしている。

——私は、諦めてきた。

傷つくのが恐《こわ》くて、目を瞑《つぶ》ってやり過ごしてきた。自分の弱さを思い知ると同時に、目の前のユージンを強い人だと思う。強くなりたい。自分も。

「……私、皆《みな》さんに協力します」

アメリアは皆《みんな》に向かって宣言する。

「いいえ。協力したい。させてください」

ワーズワースという血筋のことは、自分ではなにも分からない。この頼《たよ》りない小さな手に、力があるなんて今も信じられないままだ。でも。

頼《たの》まれたからではなく、アメリアは初めて自分の心からの意思で、彼らを助けたいと思った。

ユージンは、書斎《しょさい》の机にその花を飾《かざ》った。

アメリアが見舞《みま》いにと持ってきてくれた、小さな花束だ。

書斎にはユージンしかいない。アメリアが再度協力を申し出てくれてから、解散して今は各々《おのおの》の部屋に帰っていた。

長い一日だったと、ユージンは息を吐く。

アメリアがユージンの私室を訪《おとず》れた時は、驚《おどろ》きと怒《いか》りで冷静にはなれなかった。指を怪我《けが》した状態で無邪気《むじゃき》に目の前に現れたアメリアを、憎《にく》らしいとさえ思った。

我に返ったのは、部屋の前に落ちた花束を拾った時だった。無残な姿の花束は、ユージンの体調を心配して持ってきてくれた彼女の優しさを、無下にした証《あかし》だった。

——そう、彼女は優しい。呆《あき》れるほどに。

そこでユージンは、自嘲《じちょう》の笑《え》みを浮《う》かべた。アメリアが優しいことを、自分は知っていた。だから心のどこかで分かっていた。彼女は絶対に、自分達に協力してくれると。

バーンズ家でずっと、いらない人間だと言われて育てられてきたアメリアは、他人と関《かか》わることが苦手だ。特に善意や好意には、まるで慣れていない。

バーンズ家を調査し、アメリアと初めて会った時、ユージンはアメリアへの接し方を決めた。彼女が無意識に求めているものを、惜《お》しげもなく与《あた》えようと思った。そして屋敷《やしき》に連れてきて、アメリアにユージンの誇《ほこ》れる仲間達に会わせた。

吸血鬼《きゅうけつき》だと知らせる前に、アメリアにありのままの仲間達を見せたかったのだ。吸血鬼という恐ろしい化け物ではない、彼らも苦悩する、善良な人々なのだと分かってもらいたかった。

仲間達に、アメリアにどう接しろなどと命令したことは一度もない。テッドやスージーなど、彼女の人となりを見て、自然と親しくなっていったのだ。仲間達のその自然な優しさや気遣いに触《ふ》れて、アメリアがどんなに嬉《うれ》しいと感じたのか、想像に容易《たやす》い。

だが、自分は違《ちが》う。

自分はずっと計算してきた。だから分かるのだ。吸血鬼だと分かっても、アメリアは絶対に自分達を見捨てられない。誰《だれ》にも必要とされてこなかった欠けたアメリアの心に、ユージン達はピースのように嵌《はま》ったからだ。

――そうさせた。自分が。

アメリアの持つ優しさや寂《さび》しさに、付け込んだ。ユージンが懺悔《ざんげ》すべき偽《いつわ》りは、吸血鬼だと黙《だま》っていたことだけではない、彼女を今なお利用していることなのだ。

ユージン達に協力することがどれだけの危険を伴《ともな》うのか、彼女にきちんと分からせたうえで選択《せんたく》させるのが筋のはずだ。

だが、ユージンはそんなことを考えさせなかった。もちろん、力の及《およ》ぶ限りアメリアを守るつもりではある。アメリアに傷ひとつ付けることだって許さないだろう。だが彼女はこれからずっと、吸血鬼がこの世からいなくなるまで、命を狙《ねら》われ続けることになるのだ。

人の血を飲みたくない。人の命を奪《うば》うようなことはしたくない。だがその望みのために、アメリアを危険に巻き込んでいる。ひどい矛盾《むじゅん》だった。

――それでも仲間を救いたい。だから何でもやってやると思っていた。

だが今、ユージンの心はかつてないほど揺《ゆ》れている。視界の先に、花が見えた。花瓶《かびん》に生けられた花は、贈《おく》ってくれた人間の優しさを表すかのように、控《ひか》えめでいて、一本芯《しん》が通っている。

先ほどアメリアは皆に向かって、助けに来てくれた感謝を述べた。呆れるくらいお人好《ひとよ》しで、悲しいほど愚《おろ》かで、どこまでも純粋《じゅんすい》な少女。

ユージンは恐ろしくなんてないと、ディオンに喰《く》ってかかるアメリアの姿は、思い出すだけで胸を苦しくさせた。目いっぱいの自分への信頼《しんらい》を隠《かく》さないアメリアに、自分をこれ以上信じるな、と言ってしまいたくなる。

だが一番ユージンを苦しくさせたのは、ままならない自分自身の心だった。彼女に信頼されることを、どこかで嬉しく感じる自分がいるのだ。

すべて計算してアメリアと接していたはずなのに、いつの間にか彼女の反応《はんのう》を引き出すのが楽しくなっている。もっと笑えばいいのに、と思う自分がいる。

不遇《ふぐう》な扱《あつか》いを受けてきた少女だ、幸せになってもらいたいと元より思ってきた。その幸せを少しでも自分が与えられたら、嬉しいと感じ始めている。彼女の幸せを脅《おびや》かしているのが、自分自身だというのに。——矛盾。これもまた、大いなる矛盾だ。

「……どこまで勝手なんだ、私は」

押し殺したようなユージンの声は、誰もいない部屋に消えていった。

改めてユージン達に協力を申し出たアメリアだったが、さっそく壁《かべ》にぶつかってしまう。歌に隠されているかもしれない意味が、全く読み取れないからだ。

——これしか手がかりがないのに。それとも歌に固執《こしつ》しすぎている？　やっぱり関係ない？　考えすぎて、根本から間違っているのかもしれないと不安になりながら、いたずらに四日が経過していた。

「嫌《いや》ですわ、アメリア様。毎日毎日眉間《みけん》に皺《しわ》を寄せて、これじゃ跡《あと》が残ってしまいます。レディは常に笑みを浮かべていないと」

スージーが、心配そうに顔を覗《のぞ》きこんでくる。アメリアを何時《いつ》なんどきも美しく着飾《きかざ》らせることに重きを置いている彼女は、淑女《しゅくじょ》らしくなく顔を顰《しか》めて悩《なや》み抜《ぬ》いている姿に、一言言わずにいられないのだろう。確かに最近は夜もあまり眠《ねむ》れず、目は赤くなって隈《くま》もできている。

自室でうんうん唸《うな》っているアメリアに、スージーは毎日付き合ってくれている。

「ごめんなさい。でもあの、私なんかが笑っても特に意味はないですから」

「アメリア様」

アメリアの言葉を遮《さえぎ》るようにして、スージーが名前を呼んだ。真剣《しんけん》な声に、「は、はい」と思わず居住まいを正す。

「『私なんか』と自分を卑下《ひげ》することはおやめください。それは言っている本人にも、聞いている他人にもどちらにとってもよくありません。私は、アメリア様にお仕えしていることを心より嬉しく思っています。それなのにアメリア様がご自身を否定されては、仕えているこの私も否定していることになります」

アメリアはスージーの言葉にはっとする。両膝《りょうひざ》に手を置いて、しっかり頷《うなず》いた。

「その通りですね。気を付けます」

スージーは厳《いか》めしい顔を一変させて笑顔を作ると、アメリアの手を引いた。

「アメリア様が、私達のために頑張《がんば》ってくださっているのは分かっています。ですが、部屋で考え込むだけでなく、時には気分転換《てんかん》も必要ですよ。庭に行っていらしてはどうですか？」

現在は昼食を終えたばかりで、まだ太陽は真上付近に昇《のぼ》っている。吸血鬼であるスージーは、太陽が出ている間、外に出ることは叶《かな》わない。こんな不便な生活を、一刻も早く変えたいと思っているだろう。だが今は、焦《あせ》っているアメリアの気持ちを優先して、声をかけてくれている。

――早く、薬の調合を見つけたい。

日に日に、思いは強くなっていた。アメリアを決して急《せ》かさない屋敷の人々を思い返すたび、余計に思う。

吸血鬼だと打ち明けてから、屋敷の人々は、秘密から解放された安堵《あんど》と、秘密からくる不安の両方を表情にのせてアメリアを見ていた。すべてが元通りというわけにはいかず、やはり気まずさがあるのか、アメリアとあまり話してくれなくなった者もいる。アメリアはそれらの人達には根気強く接していこうと決め、避《さ》けられてもとにかく自分から挨拶《あいさつ》をするよう心掛《こころが》けていた。

スージーの勧《すす》めに従って、アメリアは部屋を出て庭へ行くことにした。廊下《ろうか》を歩いていると、テッドが一人向こうからやって来るのが見えた。アメリアに気付いた途端《とたん》、ぎこちない笑みがその顔にのる。ちくりと、胸が痛んだ。

秘密を明かされて、実は一番変化があったのはテッドかもしれなかった。以前は人懐《ひとなつ》っこい笑みを浮かべて、アメリアに親しげに話しかけてくれていた。他人との距離感《きょりかん》が摑《つか》めずどうしていいか分からないアメリアに、嫌な顔ひとつせず接してくれて、随分《ずいぶん》と助けられた。しかし今のテッドは、笑顔は見せてくれるものの、アメリアに遠慮《えんりょ》して壁を作っているように感じる。

「テッドさん。こんにちは」

距離を置かれていると分かっている相手に話しかけるのは、勇気がいった。それでも怖気《おじけ》づかないと決めていたアメリアは、笑みを浮かべて声をかける。

「アメリア様。庭へ行くんですか？」

「ええ。テッドさんは？　伯爵《はくしゃく》についていなくていいんですか？」

「俺はちょっと、服を着替《きが》えに……」

アメリアは首を傾《かし》げた。テッドがしきりと、自身のシャツの袖口《そでぐち》を気にしている。

「袖がどうかしたんですか?」

尋《たず》ねると、テッドはばつの悪そうな顔で頭を掻《か》いた。

「あー、と。実は、虫にやられたようで」

アメリアがテッドの袖口を覗き込むと、観念した様子で見せてくれる。袖口に、小さな穴が空いていた。

「さっき気付いて、シャツを替えに部屋に戻《もど》るところなん……」

そこでテッドははっとした様子で言葉を切り、袖口を見て考え込んでいるアメリアから一歩退《ひ》いた。

「ええと、それじゃあ、俺は行きますね」

作ったような笑《え》みを浮《う》かべられたのが悲しく、同時にもどかしくなった。アメリアはがしっとテッドの腕《うで》を摑んで引き止めた。

「アメリア様っ?」

素《す》っ頓狂《とんきょう》な声を上げるテッドに、アメリアは早口で言った。

「テッドさん。少しの間ここで待っていてください。すぐ戻りますから!」

言うなり、踵《きびす》を返して自分の部屋に戻る。衣装《いしょう》ダンスの中から、布袋《ぬのぶくろ》を取り出した。袋の中に入っているのは、アメリアがバーンズ家で育てたラベンダーの花だ。乾燥《かんそう》させて花びらだけにしたものを持ってきていたのだ。

ラベンダーの花をガーゼに包んでリボンで結び、小さな袋を作る。いくつか出来ると小脇《こわき》に抱《かか》えて、また部屋を出た。

テッドはアメリアに言われた通り、その場で動かずに待っていてくれたらしい。どこか困ったような顔で、アメリアを見るなり眉《まゆ》を下げた。

「あの。アメリア様？」

「これ、衣装ダンスに入れてみてください。中身はラベンダーの花です。この強い香《かお》りが、防虫になるって言われているんです」

袋を受け取ったテッドが、恐《おそ》る恐る鼻先に近付けてみる。

「あ……。いい香りですね」

パチパチと目を瞬《またた》かせるテッドに、アメリアは微笑《ほほえ》んだ。

「ラベンダーには、安眠《あんみん》効果もあるんです。もしいい香りだと感じたら、ひとつはベッドの横に置くといいかもしれません」

「へえ。防虫に、安眠効果までもたらしてくれるなんて、万能《ばんのう》な植物なんですね」

テッド本来の、好奇心旺盛《こうきしんおうせい》なきらめく瞳《ひとみ》が戻ってくる。アメリアは大きく頷いた。

「ラベンダーの語源は、ラテン語の『洗う』という意味からきているんです。そういえば花言葉も、花の効能に由来していますね。心を安定させることから、『沈黙《ちんもく》』がラベンダーの花言葉なんです」

他《ほか》には、小さな花びらからどうしてこんなに強い香りがするのか？　という意味からくる『疑惑《ぎわく》』や『疑い』という花言葉も存在する。そこまでテッドに語った時、ふとアメリアの脳《のう》裏《り》を掠《かす》めたものがあった。しかしそれは、捕《つか》まえる前にするりと消えてしまう。

アメリアは、香りが強く出るように袋をごしごしと揉《も》んで、「どうぞ虫がつきませんように」と呟《つぶや》いた。

至極真面目《しごくまじめ》な口調が面白《おもしろ》かったのか、テッドが噴《ふ》き出した。笑ってくれたことにほっとして、最後に小さく付け足す。

「どうかテッドさんが、優《やさ》しい夢を見られますように」

囁《ささや》きにも似たその微《かす》かな声を、テッドの耳は拾ったようだった。瞠目《どうもく》し、不思議なものを見るようにアメリアに視線を注ぎ、やがてにかっと白い歯を見せて笑みを閃《ひらめ》かせた。一言、「敵《かな》わないなあ」と呟く。

「吸血鬼《きゅうけつき》だと知られてから、あなたは俺達を怖《こわ》がると思っていました」

テッドがアメリアに壁《かべ》を作り、必要以上に傍《そば》から離《はな》れようとする理由が、その言葉にすべて込められていた。

「誤解しないでください。俺達はアメリア様を傷つけるつもりなんて、誓《ちか》ってありません。でも俺達がそう思うのと、アメリア様が実際どう感じるかは別問題でしょう？　あなたがもし俺達を恐ろしいと感じるなら、距離を取るのも仕方ない。実際、今の今までそう思っていました」

それなのに、とテッドは笑って首を傾げる。

「命を脅《おびや》かすかもしれない存在の、安眠まで心配してくれるなんて！」

吸血鬼に襲《おそ》われた夜、アメリアがひどく恐《こわ》がっていた様をテッドは傍でつぶさに見ていた。だからこそずっと気にしていたのだろう。胸元《むなもと》でラベンダーの袋を握《にぎ》り、アメリアは自分の考えをひとつひとつ確かめるように慎重《しんちょう》に口を開いた。

「テッドさん達を、恐いなんて思いません。ただ、……理性を失った吸血鬼が、恐かったのは本当です。またあの襲われた夜と同じようなことになったら、恐いと思うのかもしれないです」

恐怖《きょうふ》が消えてなくなるわけではない。でも。

「でもあの夜みたいに、恐ろしさに目を閉じているだけの存在にはならないって決めました」

なぜならアメリアは、テッド達の人柄《ひとがら》に触《ふ》れ、彼らを取り巻く事情を知った。恐怖が襲い掛《か》かっても、目を開けてその場で踏《ふ》ん張るくらいの覚悟《かくご》は決めたつもりだ。

テッドは目を細め、ラベンダーの袋を大切そうに抱えて頭を下げた。

「ありがとうございます。……さっそく衣装ダンスに入れるし、ベッドにも置きますね！」

アメリアを見つめるテッドの表情は、もう穏《おだ》やかに凪《な》いでいる。すべてが元通りといかなくても、こうやってまた少しずつ屋敷《やしき》の人々と歩み寄っていけたらいいと、アメリアはラベンダーの香りに包まれながら思った。

「君が作ったポプリが、屋敷内で流行しているようだ」

そんな一報が届いたのは、二日後の朝のダイニングルームでだった。

アメリアは、すでに先に座って紅茶を飲むユージンからの言葉に頷きながら席に座る。

「ええ。確かに屋敷の皆《みな》さんにお渡《わた》ししました」

テッドの話を聞きつけたのか、アメリアは屋敷ですれ違《ちが》う度《たび》に、使用人達にラベンダーを分けてほしいと頼《たの》まれた。アメリアはその都度小袋を作って渡しており、確かに合計すると結構な数にのぼっている。

「君のポプリをベッドの横に置くと、よく眠《ねむ》れると聞いたよ」

「そう言っていただけるなら、すごく嬉《うれ》しいです。私自身、ラベンダーの効能の素晴《すば》らしさを再認識《さいにんしき》しているところです」

「だが、どうやら自分のベッドには置いていないらしい」

「え？」

「目の下に隈《くま》が出来ている」

困ったような笑みが向けられ、アメリアは両手で自分の顔を隠《かく》した。相変わらず朝から完璧《かんぺき》な容貌《ようぼう》と出《い》で立ちのユージンに言われると、羞恥心《しゅうちしん》が更《さら》に高まる。

「眠る暇《ひま》を惜《お》しんでまで、ポプリを作る必要はないよ。少しくらい待たせたって構わない。それに、秘薬のこともそうだ。頼んでいる私が言うことではないかもしれないが、あまり根を詰《つ》めないでくれ。夜はきちんと休むべきだ」

アメリアの体調を気遣《きづか》ってくれるユージンの表情は、どこか苦しげに見える。心配をかけているのだと気付いて、慌《あわ》てて口を開いた。

「あのっ、私、無理してやっているつもりはないです。ポプリを作って、それが皆さんの役に立っているかもしれないと思うと、嬉しいんです。もちろん、皆さんが一番に望んでいるのは秘薬の調合ですし、早く解明したいです。それだって、嫌々《いやいや》やっているわけじゃないです」

安心してほしかったのだが、なぜかユージンはアメリアの言葉を聞いて更に痛みを受けたような顔になった。なぜそんな顔をさせてしまうのか分からず、アメリアは言い募《つの》る。

「だからそのっ、ポプリだって、もし伯爵《はくしゃく》が欲しいと言ってくれたら何十個だって作りますし、作りたいってことなんです！」

必死になりすぎて、自分でも何を言っているのか分からなくなってきた。よほど途方《とほう》に暮れた顔をしていたのかもしれない。ユージンは目を瞬かせた後、「それなら」と小さく笑った。

「私の書斎《しょさい》に、花を飾《かざ》って欲しい」

「え？」

「ダイニングルームや廊下《ろうか》に飾ってくれたように、私の書斎にも花が欲しいんだ。君が見舞《みま》ってくれた花は、もう枯《か》れてしまったし」

アメリアは頬《ほお》を赤く染めた。まさか、書斎に飾ってくれていたのだろうか？　叫《さけ》び出したいような思いが湧《わ》き上がってくる。

嬉しい。恥《は》ずかしい。切なくて、ちょっと苦しい。心が一斉《いっせい》に喚《わめ》き立てて、アメリアは自分の身の内に渦巻《うずま》く感情の多さに戸惑《とまど》った。バーンズ家にいた時に凍《こお》っていた感情が、今にして一気に溶《と》けかかっているようだった。そしてこの感情が一番激しく揺《ゆ》れ動くのは、目の前の相手なのだ。なぜだろうと、考えずにはいられない。

アメリアが「分かりました」と頷《うなず》くと、ユージンが静かに微笑む。だが笑顔《えがお》の奥で、どこか沈《しず》んだ瞳をしていたことが、ずっと心に留《とど》まったままだった。


「アメリア様が作ったポプリ、本当によく効くんですよねえ」

その夜、書斎には主《あるじ》であるユージンと、従者のテッドの姿があった。

ユージンは書きかけの書類に視線を落としたまま、「それはもう何度も聞いた」と答える。

「服が虫に食われることもなくなりましたし、なによりすぐ眠れるんです。魔法《まほう》みたいですよ」

「お前がそう屋敷中に触れ回ったせいで、今アメリアは寝不足《ねぶそく》になってるんだぞ」

テッドの浮《う》かれた言葉を窘《たしな》めると、さすがにばつの悪い顔で彼は眉《まゆ》を下げた。

「う……、それは申し訳なく思ってます。でも屋敷の皆《みんな》も喜んでたし、アメリア様も嬉しそうにしてくれたので、つい」

従者の言葉に苦く笑う。テッドに頼まれて、笑顔で頷くアメリアの顔が思い浮かぶようだった。自分の睡眠《すいみん》時間が削《けず》られていても、本当に気にしていないのだろう。

「我々の役に立てるのが嬉しいと、言ってくれていたよ。歌の謎《なぞ》が解けないことを気に病《や》んでいたようだったから」

ユージン達が吸血鬼と知って、アメリアは懸命《けんめい》に謎に取り組んでくれている。最近夜遅《おそ》くまで調べ物をしているようで、睡眠不足なのは知っていた。役に立てない自分をもどかしく感じていたのだろう時に、図《はか》らずもテッドの問題を解決できたことで、少し元気が出たようだった。

睡眠不足が更にひどくなったのは問題だが、アメリアの心が軽くなるなら、彼女の好きにさせたいと思う。書斎に花を飾ってほしいと言ったのも、そんな思いに背中を押されたためだ。

「役に立てて嬉しい、ですか……。俺達に変わることなく接してくれてるだけで、十分救われてるんですけどね」

テッドの言う通りだった。吸血鬼だと分かり最初こそ怯《おび》えたものの、その後アメリアはユージン達への態度を変えたりはしなかった。距離《きょり》を取っているのはむしろユージン達の方で、アメリアはその距離を一生懸命に縮めようとしてくれている。

「真っ直《す》ぐで、他人の為《ため》に頑張《がんば》れる。いい子ですよ、アメリア様は」

後ろに控《ひか》えるテッドの心からの言葉に、ユージンは「知ってるよ」と苦く笑う。

「ずっといてほしいなあ」

「テッド」

無意識の願望が漏《も》れたのだろうテッドの言葉を、ユージンは少し強めの声で遮《さえぎ》る。テッドは少し不満げな口調で言った。

「ユージン様だって、そう思っているでしょう？」

あえてなにも答えなかった。テッドを書斎から下がらせると、また仕事に戻《もど》る。ユージンには、広大な領地を有する領主としての仕事もあった。

――『ずっと』とは、いつまでなのだろう？

仕事は山積みだと言うのに、すっかり集中力を欠いている。先ほどのテッドの言葉が、ユージンの脳裏《のうり》をまわっていたからだ。溜息《ためいき》を吐《つ》いて、ペンを机に放り出す。

ユージンやテッドの『ずっと』は、本当に永遠の『ずっと』だ。だがアメリアは、永遠の『ずっと』を生き続けることはできない。

人間と吸血鬼《きゅうけつき》。両者が生きる時間は、残酷《ざんこく》なほど違う。それでも、テッド達は人間に戻れると信じている。だからこそ『ずっといてほしい』と希望を口に出せるのだろう。

――だが、もし秘薬ができなかったら？

ユージンだって信じてはいる。だが、彼は人を導く側の存在だった。上に立つ者は、不確かな希望だけを見ているわけにはいかない。最悪の事態も考えておかなければならないのだ。秘薬ができなければ、別の方法を探すだけだ。

——それも、見つからなかったら？

その間にもアメリアはどんどん年をとっていく。ユージン達を追い越《こ》して、人としての当たり前の時を刻んで、やがて死ぬ。

吸血鬼は、いつも残される側にしかなれない生き物だった。あと何度追い越され、何度大切な人を見送って、孤独《こどく》に耐《た》えればいいのだろうか。

ユージンはきつく目を閉じて、椅子《いす》の背もたれに体重をかけた。それこそ幾度《いくど》となく自問自答してきた問いが、今日は殊更《ことさら》心に刺《さ》さる。

深く息を吐《は》いて、ゆっくりと目を開いた。机の隅《すみ》に置かれた花瓶《かびん》が視界に入る。数日前まで挿《さ》してあったアメリアがくれた花はすでに枯れて、空のままになっていた。

そう、いつまでも咲《さ》き続けられる花などない。その歴然とした事実が悲しく、苦しかった。

ユージンが書斎で仕事を再開し始めた頃《ころ》、アメリアは自身の部屋で一冊の本を開いていた。

バーンズ家から持ってきたアメリアの数少ない私物の中のひとつで、『花言葉辞典』という本だ。花言葉とは、花に象徴《しょうちょう》的な意味を持たせたものを言う。

ラベンダーについてテッドに説明した時に口をついて出た花言葉が、なぜかアメリアは気になっていた。そこで、自分が持っている本で調べてみることにしたのだ。

「ラベンダー、ラベンダー……、あった」

パラパラとページを捲《めく》り、目的の部分に辿《たど》り着く。紫色《むらさきいろ》のラベンダーが描《えが》かれており、絵の下には花言葉と、その由来が書かれていた。アメリアがテッドに語った通り、『沈黙《ちんもく》』、『疑惑《ぎわく》』、『疑い』という単語が並んでいる。その字を何気なく眺《なが》めていると、あることに気付いた。

――あれ？　『疑い』って、どこかで見た言葉だわ……。

そこまで考えて、はっとした。ここ最近繰《く》り返し口ずさんでいる単語のひとつだったのだ。

アメリアは、机の上に置かれた紙を手に取る。その紙は、母親に教わった歌を文字にして書き出していたものだった。

『無垢《むく》なる子よ　穏《おだ》やかに眠《ねむ》れ
疑いし心は　月の光で清めよ
五つの夜を超《こ》え　それは浄《あら》われる』

一番の歌詞にある単語が、『疑い』だった。テッドに話した時に頭を掠《かす》めたのは、この単語に無意識に反応《はんのう》したからなのだろう。歌詞を文字として見ることで、ようやく重なった。

アメリアはふと思いつき、歌詞の二番に目を走らせた。

『無垢なる子よ　健《すこ》やかに生きよ
勇気は常に　日の下《もと》へ照らせ
三つの朝を迎《むか》え　それは更《さら》に輝《かがや》く』

法則性があると仮定して、一番の歌詞『疑い』に当たる部分が、花言葉にならないだろうか。

二番の歌詞では、『勇気』がそれに該当《がいとう》する。

アメリアは『勇気』という単語を、辞典で逆引きしてみた。

「あった！　タイム……？」

タイムは、茎《くき》が針金状になった卵形の葉を持つハーブだ。ハーブ、という言葉に胸がドキリと鳴った。ハーブは人々にとって、薬にもなる植物なのだ。ラベンダーもそうだった。薬の調合という隠《かく》された意味が、にわかに現実みをおびてきたような気がした。

『無垢なる子よ　強き心を持て
胸に誓《ちか》いの　火を灯《とも》せば
やがて流れ出《い》で　ひとつの大河となる』

三番の歌詞では、胸という単語は省いて、花言葉となりそうな『誓い』という単語を調べる。

辞典を逆引きするのは時間がかかってもどかしいが、見つけ出すことができた。

『誓い』の花言葉を持つのは、リコリスだった。リコリスもまた、ハーブの一種だ。

植物、つまり薬の材料が歌詞から浮き出てくると、前後に書かれているのは、調合の仕方のはずだ。

――えっと、一番の歌詞は、ラベンダーを、月で清める？　五つの夜は、つまり月の下に置いておく時間のことを言ってるのかしら。

アメリアは歌詞を書いた紙に、かじりつくようにしてペンを走らせた。隠された意味を、歌詞の横に綴《つづ》っていく。

二番の歌詞では、タイムを三日間、太陽に当てろということだろうと推測する。と、三番の歌詞の前でペンが止まった。

――リコリスに火を灯すって、どういうことだろう……。それが流れ出でて、大河となる？　燃やして、液体になるってこと……？

しばし考えて、答えを思いついた。

「そうか。蒸留！」

蒸留とは、ハーブや花といった植物を加熱し、その際に出てくる蒸気を集めて冷やすことを言う。この方法によって抽出《ちゅうしゅつ》された液体は、種類によって料理に使われたり、なにより薬として使われてきたのだ。

謎が解けた喜びが一気にアメリアの胸に広がるが、すぐにそれは消えてしまった。ちらりと、最後の四番の歌詞に目をやる。そのまま机に突《つ》っ伏《ぷ》してしまった。

──三番の歌詞までは今の考えで意味が追えるけど、最後の歌詞は全然当てはまらない。

『無垢なる子よ　その手に愛を湛《たた》えよ
家へ掲《かか》げし銀の薔薇《ばら》は　迷い路の先にある』

そもそも最後の歌詞だけ、三番までの歌詞とは形式も違《ちが》うのだ。歌詞自体の意味も、よく分からない。何を言いたいのか、伝わってこないのだ。

──この歌には『無垢なる子』に向かって、こういう人間になりなさいという教えが含《ふく》まれている。でも四番の歌詞は違う……。そもそも、薔薇という植物が出てくるけど、銀の薔薇なんて存在しない。だったら何かの比喩《ひゆ》ということ？

分からない。

「分からないよ、母様……」

アメリアは、ぎゅっと自分自身を抱《だ》き締《し》める腕《うで》に力を込めた。

四番の歌詞の意味は分からないままだ。それでも、アメリアには三番までの解釈《かいしゃく》は当たっているという確信があった。根拠《こんきょ》はないが、そう感じる。

机に突っ伏していた頭をむくりと上げる。置時計が指し示しているのは深夜の一時だ。

少し躊躇《ためら》った後、アメリアはそっと部屋を後にした。

暗い廊下《ろうか》を通って、明かりの漏れているユージンの書斎《しょさい》の扉《とびら》をノックした。扉から顔を出したユージンは、アメリアの姿を見るなり思いきり顔を顰《しか》めた。まるで、いつかの夜の再現だ。

「……アメリア。君、今何時だと思っている？」

「ご、ごめんなさい！　眠っていましたか？　邪魔《じゃま》をして申し訳ありません」

アメリアは慌《あわ》てて頭を下げた。眠っているかもしれないということを考慮《こうりょ》に入れるのを忘れていた。夜しか行動できないユージンは、夜はずっと起きているような思い込みがあったのだ。

「そういうことを怒《おこ》っているんじゃない。深夜に男の部屋を訪ねる、君の危機意識のなさを怒っているんだ」

アメリアは困ってしまった。言われていることはなんとなく分かるが、平々凡々《へいへいぼんぼん》な容姿を自覚しているアメリアにとって、自分が年頃《としごろ》の娘《むすめ》だという現実もしばしば忘れてしまうほどだ。

「……それで？　こんな深夜に訪ねてくるんだ。大事な話なんだろう」

苦い顔をしても、ここまで来たアメリアの気持ちはきちんと汲《く》んでくれる。ユージンは、書斎へとアメリアを通してくれた。紳士《しんし》らしく、扉は少し開けたままにするのがくすぐったい。

「あの、歌の意味が分かったかもしれないんです」

アメリアが切り出すと、ユージンの目が見開かれた。深夜だというのに部屋を訪《おとず》れた理由を、ようやく納得《なっとく》してくれたらしい。アメリアは持ってきた辞典と歌の歌詞を見せながら、自分の考えを懸命《けんめい》に説明していく。

すべて聞き終えたユージンは、ゆっくりと椅子の背もたれに体重をかけた。

「……花言葉か。これはこれは、堅物《かたぶつ》なグレンがいくら調べても出てこないはずだな」

ユージンもグレンに色々調べさせていたのだろう。確かに、花言葉というのはどちらかと言えば女性的な観点かもしれない。

「ラベンダーにタイム、リコリスか……。さっそく準備させよう」

「でもあの、四番の歌詞の意味が分からないままで。このままじゃ、調合は不完全です」

「分かっている。やはり、最後の歌詞が一番の鍵《かぎ》になるんだろう。重要だからこそ、簡単には解けない謎《なぞ》になっている。ラベンダーやタイム、リコリスといったものは、誰《だれ》でもすぐ入手できるものだ。だが、薬を完成させるためには足りない。それこそ、ワーズワース家特有の何かが関《かか》わってくるはずだ」

「ワーズワース家特有の何か……」

アメリアの呟《つぶや》きに、ユージンが頷《うなず》いた。

「ああ。そしてたぶん、薬を作るのも誰でもいいわけではない。ワーズワース家の血をひく君の手によって作るからこそ、意味があると思う」

まじまじと自分の手のひらを眺める。そして、ぎゅっと握《にぎ》りしめた。

「分かりました。もちろん、材料が揃《そろ》えば、私自身の手で作りたいと思います」

勇んでそう宣言するが、見上げた先のユージンの表情は冴《さ》えない。あれ？　と訝《いぶか》しげな顔になると、ユージンも自分の態度の不自然さに気付いたかのように、笑《え》みを取り繕《つくろ》った。

「よくここまで思い出して、意味を探《さぐ》ってくれた。ありがとう、屋敷《やしき》の人間すべてに代わって、礼を言う」

ユージンはそう言って頭を下げた。アメリアは慌てて声を上げる。

「顔を上げてください！　それにまだ薬が出来上がったわけじゃないですから、お礼を言うのは早すぎですよ！」

「いや。早くなんてない。ずっと言おうと思っていたんだ」

考えの読めない青い瞳《ひとみ》をじっと見つめた。やはりユージンの様子が気にかかる。

アメリアはどうしようか一瞬《いっしゅん》迷い、腹をくくって立ち上がった。少し開いている書斎の扉を更《さら》に押し開け、離《はな》れた所に置いておいた花瓶《かびん》を持って、また部屋に入ってくる。

「……それは？」

「お、お花！　書斎に飾《かざ》ってほしいと言ってくれたでしょう？」

やはり、いつかの夜の再現のようだと思う。アメリアが胸に抱くようにして持っている花瓶に生けられているのは、カンパニュラという釣り鐘《つりがね》の形をした紫色《むらさきいろ》の花だった。書斎に花を飾ってほしいと言ったユージンに見てもらい、少しでも元気になってくれればと持ってきたのだ。

「それは嬉《うれ》しいが、なぜ最初に部屋に入ってくる時に持ってこないんだ？」

「その、頼《たの》まれた日にすぐ持ってくるなんて、物凄《ものすご》く張り切ってるみたいじゃないですか……」

怪訝《けげん》な顔で尤《もっと》もな疑問を投げかけられ、顔が赤くなる。

「違うのか？」

「違いますよ！」

――嘘《うそ》。本当は、嘘だ。

心の中だけで呟きながら、ユージンに背を向けた。そのまま足を進めて、書斎に置いてある、マホガニーの高級な机に花瓶を置く。

「花の名は？」

「え？　あ、カンパニュラです……」

問われた言葉に反射で答えてから、ユージンの姿を振《ふ》り返って目を剝《む》いた。ユージンは、アメリアが説明の為《ため》に持ってきた花言葉辞典をパラパラと捲《めく》っている。

「ちょっ、だめ！　調べないでください！」

本に視線を走らせたままアメリアの台詞《せりふ》を聞いて、ユージンはくすぐったそうに小さく笑った。その瞬間、自分の失態を悟《さと》る。先ほどの比ではなく、顔が燃えるように熱くなった。

――ああ、こんな風に言ったら、花言葉からカンパニュラを選んだって言ったも同然じゃないの！

知らなかったと白を切り通すこともできなくなってしまった。こうなったら実力行使で本を奪《うば》い取るしかない。アメリアはすぐさまユージンに駆け寄り、彼の両手を摑《つか》んだ。

「アメリア、どきなさい。本が見えない」

明らかに面白《おもしろ》がっているが顔だ。厳《いか》めしい表情を作ってはいるが、目は笑っている。

「見なくていいです！　むしろその本は没収《ぼっしゅう》します！」

「没収してもいいよ。君が私に贈《おく》ってくれた言葉を知った後なら、いくらでも」

それが一番恥《は》ずかしいというのに。アメリアは必死で本を奪おうとするが、いかんせん大人の男性の力には敵《かな》わない。

そうこうしている内に、ユージンはあっさりと答えを見つけてしまった。

「ああ、あった。カンパニュラ。花言葉は――」

ユージンの言葉がふいに途《と》切《ぎ》れる。アメリアはもう、恥ずかしさで消えたくなった。ユージンはきっと意味など知らないだろうから、アメリアの自己満足で終わるはずだったのだ。

カンパニュラの花言葉は、――『感謝』。

色々な意味を込めた、感謝だった。半ばやけくそになって、アメリアは白状する。

「……私のほうこそ、伯爵《はくしゃく》には感謝しているんです。この屋敷に連れてきてくれたこと。庭造りを許可してくれたこと、人との向き合い方を教えてくれたこと、襲《おそ》われそうになった私を助けに来てくれたこと、あとは――」

今度は、アメリアの言葉が不自然に途切れる番だった。唇《くちびる》に、そっと触《ふ》れるものがある。

ユージンのすらりとした人差し指だった。

「アメリア。勘違《かんちが》いをしてはいけない。君が私に感謝することはひとつもない。本当に、ひとつもないんだ」

一音一音、言い聞かせるように言葉を紡《つむ》ぐユージンの表情は、苦しげなものだった。

「……どうして」

疑問が、口をついて出る。

「私は、君が考えているような人間ではない。……いや、人間ですらないな」

そう、彼は吸血鬼《きゅうけつき》だった。だがアメリアにとっては、優《やさ》しい人だ。吸い込まれそうな青い瞳を眺《なが》めているうちに、アメリアの胸の中に、大きな衝動《しょうどう》がせり上がってきた。

「では、伯爵はどんな吸血鬼なんですか？　私が本当のあなたを知らないと言うなら、教えてください」

――この人のことが、知りたい。

ユージンはアメリアをじっと見つめた後、苦く笑った。問いかけてから、それはユージンが吸血鬼となった苦しみを思い出させることになるのだと気付いて、慌《あわ》てて言葉を取り消そうとする。

しかし、ユージンが口を開くほうが早かった。

「私には、四歳下の弟がいたんだ」

いた、と過去形で話すユージンの瞳は暗い。

「弟もまた、私と同じ吸血鬼だった。だが、彼は自分の身の内に潜《ひそ》む化け物の存在を、どうしても受け入れることができなかった。……私と違い、人の血を、飲むことができなかった」

はっきり口にされたことで、アメリアは小さく瞳を揺《ゆ》らした。ユージンは今、自分は人の血を飲んだことがあると告白したのだ。当然覚悟《かくご》はしていたが、本人に言われるとやはり動揺《どうよう》してしまう。だが、ここで狼狽《ろうばい》した態度を見せれば、ユージンはもう二度となにも話してくれなくなる気がした。アメリアはぐっと両手を握って、意地でも表情を変えなかった。

「弟は飲めなかった……。だから、死んだ」

吸血鬼はほぼ不老不死だと、ユージンが言っていた言葉が甦《よみがえ》る。ただひとつ、自らの手で自分の運命を変えられるとしたら、それは——。

「血を飲むことを拒否《きょひ》し続け、やがて、餓死《がし》したんだ」


ユージン・オルブライトは、オルブライト伯爵家の待望の跡取《あとと》りとして生を受けた。四年後には弟ブラウンが生まれ、二人は双子《ふたご》のように容姿が似ており、仲の良い兄弟として育った。

ユージンが二十四歳、ブラウンが二十歳《はたち》になったある日、領地の奥にある森で、化け物が出ると噂が広がった。『赤い目をした何かを見た』などの目撃者まで現れ、更に無残に殺された動物の死体が発見されたことが決定打になり、領地の人々は一様に怖《こわ》がった。

正義感が強く、それ以上に好奇心旺盛《こうきしんおうせい》だったユージンは、弟に森の様子を見てこようと提案した。

弟は最初、二人だけで行くことを渋《しぶ》った。兄とは対照的にブラウンは思慮《しりょ》深く、生き物や植物が好きな穏《おだ》やかな青年だった。少々気弱なところがあり、怪談話《かいだんばなし》は大の苦手だった。

だが結局は渋るブラウンの背中を押して、ユージンは夜の森へと出掛《でか》ける。

結論から言えば、化け物と言えるような、おどろおどろしい生き物はいなかった。いたのは美しい青年であり、ユージンとブラウンの人生を一変させた、吸血鬼という生き物だった。

青年は、森の奥深くに分け入ってきた兄弟を見て、それは嬉しそうな笑みを浮《う》かべた。こちらまで微笑《ほほえ》みたくなるような、何もかもが満たされたような笑顔。

森の中に、ただ一人立っているという異様さを忘れて、ユージンは青年に一歩近づいた。途《と》端《たん》に、何かを感じ取ったのかブラウンがユージンの袖口《そでぐち》を引っ張り、首を横に振っている。真っ青になっている顔を見ても、その時のユージンは、また弟の気弱さが顔を出したと思っただけだった。

過去を振り返る時、ユージンはいつも思う。弟が止めてくれたあの瞬間が、最後の分かれ道だったのだ。

弟の制止を振り切って青年に声をかけようとしたユージンは、首筋に激痛を感じた。皮膚《ひふ》が何か鋭《するど》いものによって破られ、そして何かを啜《すす》る音が耳元に響《ひび》く。

見れば青年が、ユージンの首筋に嚙《か》みついている。悲鳴を上げながら、必死に青年を引き剝《は》がそうとした。しかし、細くすらりとした青年の体は、なぜかびくともしない。

ブラウンが、青年に向かって体当たりを喰《く》らわせた。真っ青な顔で、必死に兄を助けようとしている。臆病《おくびょう》な弟が立ち向かっている姿を見て、ユージンは逃《に》げろ、と叫《さけ》んだ。

ふいに、青年がユージンから体を離した。彼の口元に垂れている血に気付き、自分が血を吸われていたのだと悟る。失血状態のユージンは、そのままその場に倒《たお》れた。

朦朧《もうろう》とした意識の中、今度は弟が青年に嚙みつかれる姿を見た。止《や》めさせたくても、体が動かない。それでも声は振《ふ》り絞《しぼ》って、弟を助けてくれるよう命乞《いのちご》いをした。血が欲しいなら、自分の血を飲めばいいと言った。

どんどん血の気を失っていく弟を見て、ユージンは泣きながら懇願《こんがん》し続けた。

ふと青年は、興が削《そ》がれたような顔になる。考えるような素振《そぶ》りをした後、なぜか青年自身の腕《うで》に傷をつけた。日に焼けたことがなさそうな真っ白な腕から滴《したた》る鮮血《せんけつ》を、弟と、そしてユージンに飲ませる。おぞましさに首を振って抵抗《ていこう》しようとしても、できなかった。

青年は、自分は吸血鬼だと名乗った。血を吸ってユージン達を殺そうとしたが、面白いから生かすことにしたとあっけらかんと言い放ち、更《さら》に驚愕《きょうがく》するような事実を口にした。

——吸血鬼《きゅうけつき》の血を飲んだ人間は、吸血鬼になるんだ。

喜べ、と青年は尊大に告げる。人間の血さえ飲んでいれば、不老不死でいられる。だが他《ほか》の動物の血は毒だ、死にたくなければ飲むな。

嘘《うそ》だと思いたかった。死にたくなかった。だが、吸血鬼になるのだと言った青年の言葉が本当なのは、彼が去ってしまった後に嫌《いや》というほど確信する。

森からなんとか屋敷《やしき》に辿《たど》り着くと、血だらけの息子《むすこ》達を見て両親は狼狽した。そして、我が子の首筋に残る、噛み痕《あと》を発見してしまう。

吸血鬼。それは当時、悪魔《あくま》の化身《けしん》と言われていた。両親にとって二人の息子は、愛すべき子供から、悪魔と契約《けいやく》した化け物へと変わってしまったのだ。

二人は、両親から絶縁《ぜつえん》を言い渡《わた》され、屋敷を出るよう言われた。噂は広がり、今まで優しくしてくれた領地の人々も冷たく彼らを見放した。

ブラウンは、変貌《へんぼう》した自分の運命にただ呆然《ぼうぜん》とするばかりだった。一方ユージンは、なんとか兄弟二人で生き残る術《すべ》を探すことに苦心した。

太陽の光に弱いと知ったのは、実際に全身に大きな火傷《やけど》を負った後だった。昼に出歩くことも出来ず、二人は朽《く》ち果てた廃屋《はいおく》に身を隠《かく》した。

太陽の光は、浴びなければそれで済んだ。だが、食事はどうしようもない。パンを盗《ぬす》んできて食べてみても、すぐに吐《は》き出してしまう。もはや二人の体は、血液以外受け付けない体になっていた。

飢餓感《きがかん》は、想像を絶する耐え難《た がた》いものだった。胃が締《し》め上げられるような痛みが続いて、やがて眠《ねむ》りで誤魔化《ごまか》すこともできなくなった。苦しさでのたうち回る日々が続く。

人の血など飲みたくはない。だってそれは、自分と同じ人間を傷付ける行為《こうい》だ。下手をすれば殺してしまうかもしれない。育《はぐく》まれてきた健全な道徳観と理性が、懸命《けんめい》に飢《う》えの衝動を抑《おさ》えこもうとする。ユージン一人なら、そう思って耐えられたかもしれない。だが、日に日に痩《や》せ衰《おとろ》えていく弟を見て、彼は決意した。

ある夜、ユージンは初めて自分で人を襲い、首筋に歯を立てた。震《ふる》えるほど甘く蕩《とろ》ける味が舌に乗り、喉《のど》を滑《すべ》り落ちていく。そしてユージンは、余った血を持ってきた杯《さかずき》に入れて、弟のもとへと走った。これで弟は助かる、他人を犠牲《ぎせい》にして、自分は自分と弟を優先した。弟を吸血鬼にしてしまったこと、そして今、罪がまたひとつ、ユージンの中に降り積もる。

だが、ブラウンは持ってきた血を飲まなかった。頑《かたく》なに口を閉じ、ユージンが怒《おこ》って無理やり口を開けさせようとすると、どこにこんな力が残っていたのかと思うほどに、激しい抵抗を見せた。そして、涙《なみだ》を流した。

――頼《たの》むよ、兄さん。人の血なんて飲みたくない。僕に、飲ませないでくれ。

ユージンは懇願を無視した。眠っているブラウンに血を飲ませたり、試行錯誤《さくご》を繰《く》り返す。だが、意識を失った間少し飲ませることはできても、ごく僅《わず》かな量では生き続けることはできない。自分の意思で飲まなければ、意味がないのだ。

気付いた時には、ブラウンは痩せこけ、廃屋の中で動けなくなっていた。

——兄さん。ごめん。僕が、弱いから。

小枝のような弟の手を握《にぎ》りしめながら、ユージンは首を激しく横に振った。違う、お前は弱いんじゃない。優《やさ》しすぎるんだ。他人の犠牲の上に立って生きられないほど、優しいのだ。謝らなければいけないのは、自分の方だった。それなのに、ブラウンは少しもユージンを責めない。自分が悪いのだと、謝り続ける。

ごめん、ごめん、兄さん……。吐息《といき》のようなその声がやがて聞こえなくなった時、ユージンは独りになった。

「他の動物の血で賄《まかな》えると知ったのは、それからずっと後のことだった。たぶん、動物の血を飲むことは下等で恥《は》ずべき行為だとされていたから、阻止《そし》するために吸血鬼《きゅうけつき》達自身が広めた嘘だったんだろう」

ユージンの書斎《しょさい》で、アメリアは息を詰《つ》めて彼の話を聞いていた。俯《うつむ》きながら話すユージンの表情は、隠れていて見えない。

なぜユージンが、アメリアにやたらと食事をさせたがるのか分かった。痩せたアメリアは、自分の弟を思い出させてしまうのだろう。

「弟が死んでから、私は自暴自棄《じぼうじき》になった。そんな時にグレンと出会ってね、彼もまた吸血鬼として人を襲《おそ》うことに苦しんでいた。二人で調べていくと、人の血を飲めずに苦しんでいる吸血鬼はたくさんいた」

ユージンはそんな吸血鬼達を集め、人に戻《もど》る道を模索《もさく》し始めたという。ユージンの噂を聞きつけて、吸血鬼の数は更に増えた。他の動物の血で代用できると知ると、様々な土地を転々として、狩《か》りを行って生活してきたという。

「何十年とそんな生活をしてきて、ある時私は、自分の家だったオルブライト家が没落《ぼつらく》の危機にあると知った。跡取りを失った伯爵《はくしゃく》家は従弟《いとこ》を当主に据《す》えたが、上手《うま》くいかなかったらしい。それからどんどん傾《かたむ》いて、私が領地に足を踏《ふ》み入れた時には、かなりひどい有様だった」

当時の当主は酒に溺《おぼ》れて借金を重ねており、領地を売るところまで追い詰《つ》められていた。弟を失っただけでなく、代々守ってきたオルブライトという領地までもが失われようとしている現実に、ユージンは自分の犯《おか》した罪の深さを再び味わうことになる。

「領地に住んでいる人々にはなんの罪もない。こんなことで自分が許されるとは思わないが、オルブライト家の人間として、領地に住む彼らの生活は守らなくてはならないと思った」

そこでユージンは、当主を追い出した後、周囲に姿を見せないまま家の立て直しに着手した。

時流を読み、広大な領地を生かして羊を放牧させた。毛織物産業で富を築き、オルブライトの名を再び輝《かがや》かせた。

オルブライト家の当主が姿を見せないのは当然のことだった。伯爵家の当主はずっとユージンただ一人だったからだ。それも永遠に年をとることがない。幾度《いくど》も人前に出れば、周囲も不自然さに気付いてしまうだろう。

「最近社交界に顔を出すようになったのは、ロイドから手紙を貰《もら》ったからだ。バーンズ家から君を迎《むか》えに行くため、そして多くの情報を得るには、地位があったほうがいい」

だがそれは、覚悟《かくご》が必要だっただろうとアメリアは思う。社交界へ出れば、人々の多くの目に晒《さら》されることになる。動向を常に見られ、秘密を抱《かか》える者にとっては気が抜《ぬ》けないはずだ。

「ロンドンまでついて来てくれた仲間には、迷惑《めいわく》をかけ通しだがね」

ユージンは苦く笑ってみせた。領地にいれば、人目を気にすることなく動物を狩って血を飲むことができるが、ロンドンではそうもいかない。血を送ってもらうという危険を冒《おか》してでも、屋敷の人々はユージンについて来たのだ。

「皆《みな》、辛《つら》さを抱えながらも明るく生きようとしている」

ユージンが顔を上げた。強張《こわば》った表情が、少しだけ和《やわ》らいでいる。

「……伯爵にとって、ここの人達はとても大切なんですね」

「ああ。オルブライト領のカントリーハウスにも、残りの仲間がたくさんいる。彼らは仲間というか、家族も同然だ。もちろん、領地に住んでいる『人間』の彼らも」

血の繋《つな》がった家族を失ってしまったユージンが、新たに得た家族だ。ユージンは彼らを何より大切に、誇《ほこ》りに思っているのだ。

「希望を捨てずにここまでついてきてくれた彼らに、私は報《むく》いたい。そのためには、なんだってする」

ユージンの表情は、固い決意に満ちていた。以前同じような表情を見て、アメリアは彼を強い人だと思った。だが今、アメリアの心の中で全く別の気持ちが芽生えている。

意志の強い青い瞳《ひとみ》。耳に残る、明朗としたよく通る声。凛《りり》々しく端整《たんせい》な横顔。

――この人は、いつも人の先頭に立って、希望を捨てるなと、共に頑張《がんば》ろうと、皆を励《はげ》まして導いてくれる。……でも、だったらこの人自身は、誰《だれ》が守ってあげるんだろう？

アメリアはユージンの過去を聞いて、彼が強く完璧《かんぺき》な人ではないと、今更《いまさら》思い知った。どこかでユージンのことを、なににも動じない強い人だと思い込んでいた。だが、そもそも完璧な人などいない。弱さがあり過《あやま》ちも犯す、すべてを内包して『人』なのだ。

彼には、両肩《りょうかた》に手を置いて、もしくは優しく抱《だ》き寄せて、「大丈夫《だいじょうぶ》だよ」と言ってくれる人はいるのだろうか。

戸惑《とまど》いも恥ずかしさも迷いも、この時はなにも浮《う》かばなかった。気付けばアメリアは、きつく握られているユージンの手に、自分の手を添《そ》えていた。

「……、何……」

突然《とつぜん》の接触《せっしょく》にユージンが驚《おどろ》いて、小さく身じろぎをする。

「よかった」

「え？」

「あなたが、ずっと一人じゃなくて、……よかったです」

大切な弟を亡《な》くして、それでも新しい仲間達と出会えて、よかった。

ユージンはアメリアの瞳を見つめ、ぎゅっと切なげに眉《まゆ》を寄せた。

「……やめてくれ」

絞《しぼ》り出す声は、苦しさの中にどこか熱っぽい響《ひび》きがある。

「君の優しさは、私にとっては甘い毒だ。……理性が利《き》かなくなる」

ユージンは、アメリアの首筋にそっと触《ふ》れた。長い彼の人差し指が、アメリアの項《うなじ》を辿《たど》り、鎖骨《さこつ》の輪郭《りんかく》を確かめるように動く。そこから熱を灯《とも》されたかのように、全身が熱くなった。青い瞳に魅入《みい》られて、もう視線が剝《は》がせない。

「君は知らないだろう？　私が今、何を考えているか」

「……教えてください」

「君はきっと逃《に》げる」

「に、逃げません」

「……馬鹿《ばか》だな、逃げてほしいから言ってるのに」

ふ、と吐息が漏《も》れるような笑いと共に、ユージンは秘密を打ち明けるようにして囁《ささや》いた。

「君の、血の味を想像した」

「…………」

「逃げたくなった？」

「……いいえ」

「逃げなさい、そういう時は」

ユージンは笑うと、アメリアの頭にポンと手を乗せてから、「冗談《じょうだん》だ」と体を退《ひ》いた。

「君は思慮《しりょ》深いくせに、時々ひどく向こう見ずになるな。勇気と無謀《むぼう》は違《ちが》うよ。私のような男に、付け入られる隙《すき》など与《あた》えてはだめだ」

先ほどの雰囲気《ふんいき》は一瞬《いっしゅん》で消え、ユージンはまるで保護者のような顔で窘《たしな》めてくる。

「――それで？　盗《ぬす》み聞きかい、グレン」

ふいにユージンが振《ふ》り向き、開いた扉《とびら》の先を見つめている。アメリアはぎょっとしてユージンから距離《きょり》を取った。

少しばつの悪い顔で、グレンが書斎へと入ってきた。

「……申し訳ありません。どうにも、声をかけづらくて……」

アメリアは真っ赤になって俯いてしまった。自分達が一体、どんな風にグレンの目に映っていたかと思うと、いたたまれない。

動揺《どうよう》も露《あら》わなアメリアと違って、ユージンはすっかり落ち着きを取り戻していた。

「お前まで深夜に何の用だ?」

ユージンの問いかけに、グレンははっと表情を改めて言った。

「ロイド・フォーガス氏からたった今連絡《れんらく》が来ました。──『ワーズワースの城を見つけた』とのことです」

ユージンが、唇《くちびる》を引き結んで立ち上がる。アメリアはごくりと唾《つば》を飲み込んだ。

濃《こ》い霧《きり》のような謎《なぞ》がゆっくりと、その全貌《ぜんぼう》を覗《のぞ》かせようとしていた。


ウェストエンドがロンドンの光と言えるなら、イーストエンドはまさに闇《やみ》と言える部分だ。困窮《こんきゅう》した人々はイーストエンドへと追いやられ、後ろ暗い人間までもが集まり、犯罪がそこかしこで起こる。

イーストエンドは、夜にこそ動き出す街だった。

一軒《けん》の古びたパブには、今日も人相の悪い人間ばかりが出入りしている。その一角に、三人の男性の姿があった。労働階級の服装に身を包んでいる。二人は長身で、一人は子供のような体軀《たいく》をし、ハンチングを深く被《かぶ》っていた。

「……全く。こんな物騒《ぶっそう》な場所に来ることになるとはな」

苦々しい声だが、この場末のパブには似合わない美しいクイーンズイングリッシュが耳に心地《ここち》よい。発した男性をよくよく見てみれば、息を呑《の》むような美しさに言葉を失うだろう。

「やっぱり、アメリア様は連れて来るべきではなかったのでは？　ディオン達の件もありますが、そもそも場所が悪すぎます。ディオンにやられる前に、追《お》い剝《は》ぎか殺人事件にでも遭《あ》いそうだ」

ひそりと囁くそばかすの散った男性も、品の良さは隠《かく》せていない。

「ですが、私の一族に関することでしょう？　当事者として、父の話を聞きたいんです」

ハンチングを深々と被った少年、もとい男装したアメリアが、声を潜《ひそ》めて言う。

アメリア、そしてユージンと護衛役のテッドは、現在イーストエンドのパブで、ロイド・フォーガスを待っていた。

五日前、ロイドからユージンのもとに待望の知らせが入った。手紙で連絡を寄越《よこ》したのではなく、人を使って伝言を頼《たの》んだらしい。伝言の内容は、『ワーズワースの城を見つけた。五日後の夜十一時、ウォルコットのパブで待つ』というものだ。

ウォルコットというパブを調べると、該当《がいとう》するのはイーストエンドにある一軒だけだった。

「確かにこっそり会うにはいいかもしれませんが、レディの来るところじゃないですよ」

未《いま》だ苦言を呈《てい》しているテッドは、眉を寄せて腕《うで》を組んでいる。

「ワーズワース家の謎を追っているロイドは、今や吸血鬼達《きゅうけつき》のお尋《たず》ね者だからな。私の屋敷《やしき》もディオン達の監視《かんし》が付いているだろうから、おいそれとは近づけない。だからまあ、場所をここにすることに理解はする」

そこでユージンは、アメリアをちらりと見つめて苦笑いする。

「だがアメリアを連れて来たのが分かったら、ロイドに殺されるな」

アメリアは目を瞬《またた》かせた。

「なぜです？　勝手にでしゃばって屋敷から出たからですか？」

「違う。君は自分が思う何倍も、父親に愛されてるってことだ」

「……それはないと思います」

反発心から言い返すと、ユージンは困ったように笑《え》みを作り、「もっと帽子《ぼうし》を深く被りなさい」と頭に大きな手のひらが乗った。

「言っておくが、私だって本当は君をこんな場所に連れて来たくなかった」

アメリアは眉を下げた。当初ウォルコットのパブの場所を知った時は、ユージンはアメリアに屋敷にいるように指示した。だが、城が見つかったと言っている以上、もしかしてパブからそのまま城に行こうという話になるかもしれない。ロイドも吸血鬼に追われる身だ、どんな不測の事態になるか分からない。

――ううん。確かにそれも理由だけど。

ぎゅっと白いシャツの胸元《むなもと》を握《にぎ》りしめながら、アメリアは自分の未だ整理のつかない複雑な心の内を見つめる。

――私は父様に会いたい。会いたくないけど、会いたいと思ってる。

自分は捨てられた、という思いは未だ根強く心に残っている。一人だった十年間は、容易に忘れられるものではない。だが今、ワーズワース家や吸血鬼のことを知ったことで、もしアメリアの知らなかったロイドの真実があるのなら、それを知りたいと思っている。

当然、アメリアも吸血鬼からは狙《ねら》われる身で、外に来ることに危険はある。男装をするからとスージーに服を用意してもらい、無理を言って連れて来てもらったのだ。

「勝手をして、迷惑《めいわく》をかけているのは承知しています。本当にごめんなさい、でも」

「迷惑だから連れて来たくなかったわけじゃない。君の危険が増すような事態になるのが嫌《いや》なだけだ」

それは結局、迷惑をかけているということだろう。だが謝るのはもう止《や》めにして、小さく頷《うなず》くに留《とど》める。

それからアメリア達は、パブで一時間待ち続けた。

「…………来ませんね。まさか、ディオンに見つかったとか」

テッドの言葉に、アメリアがさっと青ざめる。

「テッド」

ユージンの静かだが制するような声に、テッドは自分の失言を悟《さと》って片手で口を覆《おお》う。

「も、申し訳ありません。推測で物を言ってしまって」

「とりあえず、少し外の様子を見に――」

言いかけた言葉を、ユージンがふいに途切《とぎ》れさせた。テッドも何かに気付いたように、はっとしてユージンと顔を見合わせる。

「血の匂《にお》いだ……」

えっ、とアメリアは声を上げ、周囲を見回した。皆《みんな》、陰気《いんき》な顔で酒を呷《あお》っている者ばかりで、怪我《けが》をした様子の人間はいない。そもそも、アメリアには血の匂いなど感じなかった。血に敏《びん》感《かん》な吸血鬼だからこそ、感じ取れるものなのかもしれない。

「出所は外ですね。そんなに遠くはないみたいですが……」

険しい表情のテッドがユージンを見て、ユージンはそれに頷く。アメリアの手を取り、「店を出よう」と囁いた。

急いで店を出ると、ユージン達は迷いのない足取りで進んでいく。アメリアは、ふと心配になって聞いた。

「あのっ、血の香《かお》りを嗅《か》いでも、大丈夫《だいじょうぶ》なんですか」

「良くはないが、私とテッドは香りでどうにかなるほど理性は脆《もろ》くない」

「でも、どうして今血を辿《たど》っているんですか？　パブで待ってなくていいんですか？」

テッドはアメリアの疑問に物言いたげな顔になったが、ユージンが何も答えないのを知ると、自分もぐっと唇を引き結んだ。

わけも分からずいくつかの細道を抜《ぬ》けていくと、一軒の廃屋《はいおく》が見えてきた。元は、食堂のような場所だったのかもしれない。中に入ると、幾《いく》つかのテーブルと椅子《いす》、そして周囲には皿や瓶《びん》などが割れて散乱している。

「この血だな……」

三人は、地面に残った血痕《けっこん》を見下ろした。例えば不注意で指を怪我したとして、ポタリポタリと雫《しずく》のように地面に落ちた、そんな想像をさせる血痕の形と量だった。つい先ほど落ちたばかりだろう、まだ鮮血《せんけつ》と言っていい真紅《しんく》の色だ。

「アメリア。これはロイドの血だ」

「……え」

アメリアは、頭を殴《なぐ》られたような衝撃《しょうげき》を受けた。

「私達吸血鬼は血の匂いで誰《だれ》か嗅ぎ分けることができる。これはロイドの血だ、間違《まちが》いない」

先ほどアメリアの問いに答えず、物言いたげだったテッドの顔が甦《よみがえ》る。彼も最初に血の匂いがした時には、すでにロイドの血だと悟っていたのだろう。

――父様の血？　でも、だって、じゃあ父様は……。

「落ち着きなさい、アメリア。この血の量で、命に関《かか》わるような事態にはならない。むしろ私は、ロイド自身が流したのだと考えている」

「ど、どうして」

ユージンは周囲に視線を走らせる。何度か彷徨《さまよ》った視線はある一点で止まり、窓のある壁際《かべぎわ》まで歩いていくと、そのましゃがみ込んだ。

アメリアも動揺《どうよう》を引きずりながらも、ユージンの背後から覗《のぞ》く。廃屋は粗末《そまつ》な木で作られており、木と木の間には隙間《すきま》が出来ていた。そこに、白っぽい物が詰《つ》め込まれている。

「！　手紙だ」

四つに折り曲げられたメモの真ん中に、ユージンへという字が書かれている。

「ロイドの字だ」

すぐさま紙を開いて中を確認《かくにん》しようとした時だった。

「──その手紙、そのままこちらにお渡《わた》しください」

言葉に反応《はんのう》して振《ふ》り向こうとした時には、すでにユージンの背中に庇《かば》われている。テッドも臨戦態勢に入ったかのように、低く腰《こし》を落とした。

廃屋に、一人の男性が入ってくる。無表情で、記憶《きおく》に残らないような平凡《へいぼん》すぎる容姿だ。

「ディオンの手下か？」

ユージンの問いに、男は頷いた。

「ディオン様はその手紙をご所望《しょもう》です。そしてあなたの後ろにいらっしゃる、ワーズワースの癒《いや》し子の命も」

「両方断る」

「でしょうね。全く、あの学者の危機察知能力は忌《い》ま忌ましい」

「……っ、あの学者って」

思わず声を上げると、男はアメリアを一瞥《いちべつ》した。なんの感情も籠《こも》っていない、ガラスのような瞳《ひとみ》はディオンそっくりだ。

「あなたのお父上ですよ。ようやく我々がその姿を見つけて捕《つか》まえようとすると、煙《けむり》のように消えてしまう。……だが、手がかりは残していったはずです。例えばその手紙」

ユージンはわざわざ、持っていた手紙を見せつけるように胸ポケットに入れた。

「断る、と言ったはずだ」

その言葉が、宣戦布告の合図となった。

アメリアが瞬《まばた》きするよりも早く、男性が胸元から取り出したナイフを抜いて、ユージンの眼前に迫《せま》った。

しかし、対するユージンは難なくその攻撃《こうげき》を受ける。彼も隠《かく》し持っていた細身の短剣《たんけん》を抜いて、相手のナイフと一瞬《いっしゅん》鍔《つば》を嚙《か》ませ合い、また距離《きょり》を取る。

「アメリア。私の後ろから出ないように。壁に背を付けていなさい」

剣の軌跡《きせき》が辛《かろ》うじて確認できるような速さで、ユージンは敵と戦っていた。そんな中でも、アメリアに忠告するのも忘れない。

「ユージン様！　囲まれました！」

テッドの声にはっとすると、廃屋に次々人が入ってくる。テッドが一人、唯一《ゆいいつ》の出入り口の前で応戦していた。

「私が一人で来るとでも？」

男が冷たく突《つ》き放すように言うと、振り仰《あお》ぐようにしてナイフをユージンに向けた。ユージンは防御《ぼうぎょ》しようとして腕《うで》を上げる。と、次の瞬間、男は体を回転させた。ナイフの動きが、振り下ろしたものから、下からの突き上げに変わる。防御のために腕を上げてから空きになったユージンの腹部に、ナイフが向かっていく。

だが、冷静に動きを読んでいたユージンは体を反るようにしてナイフの切っ先を避《よ》ける。ほっとしたのもつかの間、ユージンが僅《わず》かながらも動いたことで、今度はアメリアに死角が生まれる。もう一人の敵が男の背後から飛び出てきた。テッドが出入り口で仕留められなかった者だろう。

敵はアメリアを目指して、剣を振り上げる。ユージンはすぐさま体勢を立て直して、その剣を受け流す。剣はアメリアに向かわず、ユージンの体も傷つけることはなかった。しかし、奪《うば》われたものがある。

第二の敵の攻撃を受け流した瞬間、男のナイフがユージンの胸元の布を引き裂《さ》いた。白い紙はすぐさま、男の手に回収される。この時になって、敵がアメリアを襲《おそ》ったのは、ユージンの隙をついて手紙を奪い取るためだったのだと気付いた。

「だめ！　手紙を返して！」

アメリアが手を伸《の》ばそうとするのを、ユージンが「下がっていろ！」と遮《さえぎ》る。

間髪《かんはつ》を容《い》れずに男がまた向かって来る。ユージンは、向かってきたナイフの刃《は》を左手で摑《つか》んだ。素早《すばや》く両手を交差させ、左手で相手のナイフを回転させる。右手に持った自分の短剣を軸《じく》にして男の右手首を左に押しやりながら、ナイフを奪い取った。

すぐさまそのナイフを、今まさに剣を向けようとしていたもう一人の敵の利《き》き手めがけて投げる。ナイフは敵の手を貫《つらぬ》き、うめき声とともに剣が床《ゆか》に落ちた。

自分の手から武器が消えてしまった男は、さらにその武器で仲間が倒《たお》された光景に、呆然《ぼうぜん》とユージンを見た。

ふいに、幾つかの足音が聞こえてきた。出入り口を背にしてテッドと戦っていた敵が、ふいに倒れ込む。背後から誰かに攻撃されたのだろう。その誰かは、すぐに分かった。

「ユージン様！　アメリア様もご無事でしたか！」

オルブライト家の使用人、ジムだった。

「おい！　俺もいるんだけど⁉」

テッドが突っ込むが、ジムは「見りゃ分かる」と知らん顔だ。アメリアは続けて入ってくる仲間達の姿に安堵《あんど》する。助けに来てくれたのだ。

「私が一人で来るとでも？」

先ほどの台詞《せりふ》を揶揄《やゆ》してユージンが言うと、男は歯を食いしばってきつく睨《にら》む。男はアメリアを見て一瞬《いっしゅん》激しい苦悩《くのう》の表情を浮《う》かべたが、すぐさま踵《きびす》を返し、まだ倒れていない自分の味方を引き連れて逃《に》げて行ってしまった。男の手には、ロイドからの手紙が握《にぎ》りしめられている。

「待って！」

アメリアは慌《あわ》てて駆《か》け出そうとするが、ユージンに手を取られて動きを封《ふう》じられる。

「どうして……、追わないと、手紙が！」

焦《あせ》った顔で振り仰いだアメリアが見たものは、落ち着いたユージンの笑《え》みだった。

「大丈夫だ」

「え？」

「手紙なら、ここにある」

ユージンはそう言って、自身の袖口《そでぐち》から紙を取り出して見せた。アメリアは混乱しながら、手紙をまじまじと見つめる。

「……え、だって、じゃああの人達が持っていったのは」

「早とちりな連中だ。──本物はこちらなのに」

ユージンはニッコリと笑って、手紙を振ってみせた。

四章　ワーズワースの薔薇

その不思議な城は、イングランドの南西部にあたるウェセックスの深い深い森の中にあるという。

「昔は『魔女《まじょ》の森』って呼ばれてたらしいですよ。森一帯に不思議な力が働いていて、足を踏《ふ》み入れたら最後、迷子《まいご》になって出られないとか」

テッドが揺《ゆ》れる馬車の中で、アメリアに説明してくれる。

「まるでお伽噺《とぎばなし》ですね」

アメリア達は今、そんなお伽噺のような場所に向かっている最中だった。

昨夜、イーストエンドで吸血鬼《きゅうけつき》達の襲撃《しゅうげき》に遭《あ》ったアメリア達は、ロイドが残した手紙を奪われてしまった。しかし、実は奪われたと思った手紙は偽物《にせもの》で、ユージンがちゃっかり本物とすり替《か》えていたと知った時は驚《おどろ》きだった。

「すり替えていたなんて、全然気付かなかった……」

手紙を取られて悔《くや》しげな顔を演じていた本人は今、アメリアの向かいの席でしれっと笑っている。

「アメリア。君はもう少し、人を疑うことを覚えた方がいい。特に私とかね」

「自分で言いますか……」

「君が全く疑ってくれないから、自分で言うしかないんじゃないか」

軽い口調で言っているが、距離を置くようにと暗に告げられている気がする。ユージンの過去を知ったあの夜から、彼の態度はアメリアを困惑《こんわく》させるばかりだった。自分に感謝などしなくていいと突き放しながら、吐息《といき》を感じさせるほど近くに寄って触《ふ》れて、また誤魔化《ごまか》して遠ざかっていく。不思議なのは、ユージン本人もまた、自分自身の気持ちに戸惑《とまど》っているような表情を見せることだ。彼自身が分からないことを、アメリアが分かるはずもない。

「それにしても、ロイド様も考えますよねえ。吸血鬼の追っ手が迫っていることに気付いて、自分の血を残すことで私達に知らせようとするなんて」

テッドの言葉に、ユージンが頷《うなず》いた。

「昔から口と頭だけはよく回る男だった、不思議はないさ。とにかくあとは迅速《じんそく》に動くだけだ。敵が偽の情報に踊《おど》っている間に」

アメリアも気を引き締《し》めて、両膝《りょうひざ》に置いた自分の手を握る。敵に渡《わた》った情報が、いつ偽物だと気付かれるかは時間との勝負だ。その間に敵の監視《かんし》を振《ふ》り切ってロイドに会い、城を調べなければならない。だからこそ、ユージンはすぐに準備をし、目立たない最小限度の人数で城へ向かっていた。ユージンとテッド、あとは数人の使用人の人々が一緒《いっしょ》だ。

ロイドが書いた本物の手紙には、ワーズワース一族が住んでいたという城への道が記されていた。歴史学者であるロイドは、自らの知識と足で、一族の謎《なぞ》に挑《いど》もうとしているのだ。

――もうすぐ会える、父様に。

十年ぶりの再会だ。父親にどんな思惑《おもわく》があったのか、自分の目で確かめようと決める。

それから二時間ほど馬車を走らせると、「ここからは馬車は通り抜《ぬ》けられません」と御者《ぎょしゃ》の声が届く。馬車の扉《とびら》を開いて外を覗《のぞ》いてみると、目の前には鬱蒼《うっそう》とした森が広がっていた。舗《ほ》装《そう》した道などどこにも存在しない、人ではなく自然だけが支配する森だ。

アメリア達は馬車を下り、ランプの灯《ひ》を頼《たよ》りに歩き出した。夜の森は静かで、ランプの灯《あか》りで作られた木の影《かげ》が、怪物《かいぶつ》のように伸びたり縮んだりを繰《く》り返して不気味だった。

「あっ、ありましたありました！　木の痕《あと》！」

先頭に立って歩いていたテッドが、周囲をきょろきょろと見回していたかと思うと、そう声を上げた。

テッドが掲《かか》げたランプの灯りの先に、ナイフか何かで傷を付けたような痕がある。先を見渡せば、遠くにもいくつか同じような木があった。

「これが目印ですかね」

「たぶんな。確かに、目印がなければ迷いそうだ」

手紙には城への道が記されていたが、『森の中に入ったら目印を付けておくから、それを辿《たど》って来い』とロイドが書いていたのだ。

「――行くぞ」

『目印』に導かれ、アメリア達は城への道を進んだ。


どれほど歩いたのか、テッドが立ち止まって振り仰《あお》ぐのを見て、アメリアも足を止めた。

森の中からふいに現れた、勇壮《ゆうそう》な門。薔薇の繊細《せんさい》な模様が彫《ほ》られた門を中心に、左右にレンガで作られた高い壁《かべ》がそびえ立っている。

「……あ、った……」

「……アメリア……？」

ふいに暗闇《くらやみ》の向こうから名前を呼ばれ、アメリアは大きく肩《かた》を揺らした。すぐさまユージンが守るように背中に庇《かば》う。

ランプの灯りに入ってきたのは、四十代ほどの一人の男性だった。茶色の短い髪《かみ》だが、一房《ふさ》だけ目元にかかっている。白いシャツから出ている腕《うで》は日に焼け、筋肉がほどよくついている。目じりは少し垂れているが、男臭《おとこくさ》さを感じる容貌《ようぼう》だ。

「ロイドか」

ユージンがほっとした様子で声をかけた。ロイド、とユージンは言った。アメリアは呆然《ぼうぜん》と、目の前に近付いてきた男性を見上げる。幼い記憶《きおく》と、目の前の人物との面影《おもかげ》がついに重なった。

「……父様？」

小さく呟《つぶや》いたアメリアの言葉は、男性、ロイドに劇的な変化を与《あた》えた。顔をくしゃりと歪《ゆが》め、アメリアを力いっぱい抱《だ》き締めたのだ。骨が軋《きし》むほどに強いその抱擁《ほうよう》は、縋《すが》りつくような必死さが込められている。

「会いたかった……！」

耳元で発せられた言葉に、アメリアは自分が七歳の子供に戻《もど》るのが分かった。追いすがるアメリアを置いて、背を向けて出て行く父親の姿。——どうして？　どうして一人にするの？

感情が一気に膨《ふく》れ上がり、決壊《けっかい》する。

「……っ、私は会いたくなんてなかった！　顔なんて見たくなかった！」

父親の腕の中で、だだをこねるように首を横に振り、腕を振り上げて胸元《むなもと》をどんっと叩《たた》く。怒《いか》りで加減など分からない。きっと痛いだろうに、それでもロイドは手を離《はな》さない。

「私を捨てていったくせに！　寂《さび》しかったのに！　母様もいなくなって、私にはもう父様しかいなかったのに……！」

寂しかった。ずっと傍《そば》にいてほしかった。辛《つら》い時も悲しい時も、一緒なら耐《た》えられたのに。一緒に、乗り越《こ》えていきたかったのに。

それ以上、もう言葉にならなかった。胸元を叩いていた腕は力をなくし、いつの間にか父親の服を摑《つか》んでいる。しゃくり上げて震《ふる》えるアメリアの背中を、ロイドの手が優《やさ》しく撫《な》でた。

「すまなかった」

深く、心の底に滲《にじ》んでいくような声だった。

「お前が受けた苦しみや辛さを、俺は想像するしかできない。どんなに謝っても足りない。許してくれるまで、何度だって言う。だからどうか、頼《たの》むから――、これだけは許してくれ」

涙《なみだ》に濡《ぬ》れた頬《ほお》を撫でられ、アメリアは自然と顔を上げた。ロイドとは目元が似ていると、いつか母親に言われたことをふいに思い出す。

「お前がなにより大事だと、愛していると、伝えることを許してくれ」

目元には、幼い頃《ころ》の記憶にはなかった皺《しわ》があった。頬を撫でる手もひどく荒《あ》れていた。アメリアの知らないところで、ロイドは十年間どう生きてきたのだろう。アメリアと同じで、寂しかったのだろうか。傍にいられない辛さを、嚙《か》み締めてきたのだろうか。

「……ひとつだけ、父様の口から聞かせてほしい」

「どんなことでも」

「私と、本当は離れたくなかった？」

離れたのには理由があると手紙にあった。今どうしても、父親の言葉で真実が聞きたい。

ロイドは目を見張り、やがて泣き笑いの表情で「当たり前だろう」と頷いた。

「離れたくなかったよ。――片時も」

アメリアは目を閉じる。渦巻《うずま》いていた怒りや悲しさが、ゆっくり凪《な》いでいくのを感じていた。

アメリアとロイドを見守ってくれていたユージンが、やがて声をかける。

「再会を邪魔《じゃま》して悪いが、まずは城に入ろう」

ユージンの言葉に、アメリアは濡れた目元を拭《ぬぐ》って気を引き締めた。ここで時間をくっている場合ではないと思い出す。それでもアメリア達が落ち着くまで待ってくれたユージンに、心の中で感謝した。

ロイドも頷きながら、しかし難しげな顔になった。

「分かってる。だがな、開かないんだよ、この門」

「は？」

ユージンは訝《いぶか》しげに門に手をかけた。アメリアも門の中心に、立派な錠前《じょうまえ》がかけられているのを見てとる。

「針金でなんとか開けようとしたんだが、どうしても無理なんだ」

「なら門か壁を登って中に入ればいいんじゃないですか？」

テッドがこともなげに言うが、ロイドは首を横に振った。

「やってみれば分かる」

半信半疑で、テッドが門に足をかけた。身軽な様子で門を登り、向こう側に足をかけたところで、「うわっ」とふいにバランスを崩《くず》して落ちてしまう。

「大丈夫《だいじょうぶ》ですか！」

アメリアが慌《あわ》てて駆《か》け寄る。テッドはわけが分からないという顔で、「なんだあ？」と地面に打った背中をさすっている。

「見えない壁に阻《はば》まれるみたいだろう？　門だけじゃない、どこの壁を登っても、中には入れないんだ」

色々苦心した後なのだろう、ロイドはお手上げといった感じで首を振った。

「主《あるじ》なき城となった後も、ワーズワースの特殊《とくしゅ》な力が働いているんだろう。外部の侵入者《しんにゅうしゃ》を拒《こば》んでる。だからこそ、今まで吸血鬼達《きゅうけつき》に見つからなかったんだろうが……」

「忘れてないか？　ここにはただ一人、城に入る資格のある者がいる」

ユージンがそう言い、アメリアの背中を優《やさ》しく押した。アメリアはぎゅっと両手を握《にぎ》り、大きく頷《うなず》く。

おずおずと門に手をかけた瞬間《しゅんかん》、カシャンと錠前があっけなく外れた。そのまま地面に落ちる様を見て、アメリアは唖然《あぜん》としてユージン達と顔を見合わせる。

「——よし。招待は受けた。中に入ろう」

ユージンが頷き、アメリア達は城の敷地《しきち》内へと入っていった。

外から見た城は、白亜《はくあ》のような滑《なめ》らかで汚《よご》れのない白色だった。だが、内部は朽《く》ち果てた姿を見せ、時間の経過を思わせる。

広間に飾《かざ》られた肖像画《しょうぞうが》はなぜかすべてがずたずたに切り刻まれており、男か女かも分からない。花瓶《かびん》や調度品は割れて床《ゆか》に散乱し、その上には埃《ほこり》が堆積《たいせき》していた。一歩歩くごとに、ふわりふわりと舞《ま》いあがっては鼻を刺激《しげき》する。

アメリアは、隣《となり》を歩くロイドをちらりと見上げた。

——さっきは、私の気持ちだけをぶつけてしまった。今度は父様の話を聞く番だわ。

「父様、教えてくれる？　どうして私をバーンズ家に預けて、行方《ゆくえ》をくらませてしまったの」

ロイドはアメリアの疑問を予想していたのかもしれない、視線を前に戻しながら、遠い記憶を浚《さら》うような表情になった。

「お前の母様がどんな家柄《いえがら》なのか、結婚《けっこん》した当初からずっと気になっていたんだ。母様は自分が『ワーズワース』という家名だということしか知らなかった。親族すらもう一人もいないと言う。調べてみると、どんな本にもその名はないんだ。まるで何かから存在自体覆《おお》い隠《かく》されたような一族だろう？　歴史学者の血がどうにも騒《さわ》いでしまってな」

そこでロイドは、自嘲《じちょう》気味に唇《くちびる》を歪めた。

「好奇心《こうきしん》を抑《おさ》えきれずに暴走してしまうのは俺の悪い癖《くせ》だ。……隠されているということは、暴《あば》かれてはいけない何かがあるということだ。気付いた時には、もう遅《おそ》かった」

若き歴史学者のロイドは、持ち前の行動力と優秀《ゆうしゅう》な頭脳により、妻の一族の謎《なぞ》に迫《せま》っていく。手がかりは『ワーズワース』という家名。彼はその家名を、様々な人間に幾度《いくど》となく尋《たず》ね回った。それが、どんなに危険なことなのか分かりもせずに。夜に生きる吸血鬼達の耳に入るのはすぐだった。

『ワーズワース家』は吸血鬼にとって仇敵《きゅうてき》にも等しい名前だ。それを調べる謎の男の存在は一気に注目され、ワーズワース家の生き残りがいることが吸血鬼に知れ渡《わた》った。

吸血鬼に襲《おそ》われかけて、ロイドも自分の調べていることが開けてはいけないというパンドラの箱だとようやく悟《さと》る。

「そんな時に、このユージンという吸血鬼に会ったんだ。お前がまだ生まれたばかりの時だ。赤ん坊《ぼう》のお前と会ったこともあるんだぞ?」

ロイドがユージンを指差す。アメリアは驚《おどろ》いてユージンを見つめた。初めて知った話なのか、テッドも驚いている。

「ほ、本当なんですか」

「昔からこの上もなく親馬鹿《おやばか》だったよ、ロイドは。だから知っていたんだ。君は捨てられたんじゃないってね」

ユージンが苦く笑う。父親に捨てられたと主張するアメリアを、確信したような瞳《ひとみ》で否定していた理由が分かった。

「ユージンは俺を襲ってくる吸血鬼とは違《ちが》った。人間に戻《もど》りたい、とその方法を模索《もさく》していた」

その後、不幸にも妻は病死してしまい、ロイドの手にはワーズワース最後の生き残りとなった幼子が残された。なんの力も持たない無防備な赤子を見て、ロイドはアメリアを養子に出すことを決意した。

「俺は吸血鬼に顔を知られる身になった。俺と一緒《いっしょ》にいたら、お前まで危険な目に遭《あ》うと考えたんだ。バーンズ家に預けた後、俺はワーズワース家の謎を本格的に追うことにした。ワーズワース家と吸血鬼のしがらみが完全に解けない限り、お前の本当の意味での平穏《へいおん》はないからだ」

真剣《しんけん》な表情のロイドが、アメリアの頬《ほお》をそっと撫《な》でた。

「城が見つかりそうだと分かって、俺はユージンに連絡《れんらく》を取った。お前を吸血鬼から守れるのは、同じ吸血鬼だけだ。まあ、信頼《しんらい》してなくもないから、選んでやった」

「偉《えら》そうに」と鼻を鳴らすユージンだが、本気で怒《おこ》っている様子はない。

「……そう、だったの」

アメリアの胸の中に、ひとつずつロイドの心が落ちていき、欠けた隙間《すきま》を埋《う》めていく。ロイドはアメリアを守るために離《はな》れていった。捨てられたのではない。だって今頬を撫でるロイドの瞳には、疑いようのない愛情が滲《にじ》んでいる。

「父様」

「ん？」

「私も、……本当は、父様にずっと会いたかったよ」

ロイドは笑った。垂れた目じりが更《さら》に細くなって、ちょっと困ったような笑《え》みになる。アメリアの大好きな、十年ぶりに見る父親の笑顔だった。


アメリア達は、薬の調合が載《の》っているような本や書類はないかと、城の中を探し回った。しかし捜索《そうさく》する人数に対して、城自体が広すぎる。二手に分かれることになり、アメリアには一番強い人がつく、ということでユージンに決まった。ロイドは最後まで渋《しぶ》っていたが、テッドに連れられて廊下《ろうか》を引きずられていった。

「良かったな、父親と会えて」

主人の寝室《しんしつ》だっただろう天蓋《てんがい》つきのベッドのある部屋に入りながら、ユージンが話しかけた。

「はい。でも、あんなに心配性《しんぱいしょう》な人だとは知りませんでした」

先程《さきほど》、男と二人きりになるなんて！　と憤慨《ふんがい》していた姿を思い出し、苦笑《くしょう》する。

「私と二人になるのが殊更《ことさら》許せないんだろう」

「そんなことないと思います。口では色々言っていましたけど、父は伯爵《はくしゃく》を信頼しているようでした。もちろん私も」

付け加えると、「君はもっと疑うべきだと言っただろう」と釘《くぎ》を刺《さ》されてしまう。アメリアは少し悲しくなって、ベッドの横の棚《たな》を調べていた手を止めた。

ユージンはアメリアに背を向けて、反対側の衣装《いしょう》ダンスを開けている。

「私は伯爵を信頼してます。それは……、いけないことでしょうか、伯爵にとって」

ピタリ、とユージンが動きを止めた。ゆっくりと、こちらを振《ふ》り向く。真剣な表情だった。

「……アメリア。君は優しすぎる。そんなに私を信じなくてもいいんだ。くれるなら、ほんの少しの同情心だけでいい。それ以上の贅沢《ぜいたく》は望まない」

よく分からなかった。が、言い分を聞くにつれ、だんだん目の前の相手に腹が立ってくる。アメリアをバーンズ家から救い出してくれて、厳しくも優しい言葉をかけてくれて、こんなにも信頼させるようなことをしておいて、今更遠ざけるようなことをする。

「……伯爵は、勝手です」

「そうだ。知らなかったのか？」

しれっとした態度を取るユージンは、ますます小憎《こにく》たらしく見えてくる。

「性格も！　あまりよろしくないようで！」

「バーンズ家よりマシだと思うが、否定はしないよ」

「いつも私をからかってばっかり！」

「君の反応《はんのう》が素晴《すば》らしくてつい」

「でも！　……でも、私はそういう伯爵に救われてきました！　だから、ほんの少しの同情心なんてものじゃ、全然足りません。贅沢っていうのはよく分からないけど、とにかく同情以上の気持ちがあるんです！　それをなかったことにするなんて、伯爵にだってできませんから！」

怒《いか》りにまかせて言い切り、肩《かた》で息をする。ユージンが、唖然とした顔でアメリアを見ていた。

「……時々……」とユージンは戸惑《とまど》ったような声を出す。

「時々、私は君に試《ため》されているのかと思う」

「試す？」

「私の理性を、試されているのかと」

言った瞬間《しゅんかん》、ユージンの瞳に剣呑《けんのん》な光が宿る。アメリアは、肉食動物に捕《と》らえられた獲物《えもの》の心地《ここち》を味わう。

「……そういうものを試しているつもりはないです」

「本当に？」

ユージンの体が完全にアメリアの方に向いて、一歩踏《ふ》み出してくる。ユージンが歩みを進める度《たび》、アメリアはじりじりと後退していった。と、踵《かかと》が何かに当たる。しかし壁《かべ》だと思った部分には何もなくて、支えを失いそのまま倒《たお》れそうになった。

だが、素早く差し出されたユージンの腕《うで》が引っ張ってくれて、アメリアはその場に腰《こし》を下ろす形になった。壁だと思った部分にあったのは、外に張り出した大きな出窓だ。

今度こそ、窓に背中が当たる。だが、ユージンは追及《ついきゅう》を止めない。

「試されているなら、期待に応《こた》えようか」

青い瞳はまた吸い込まれそうな色をして、アメリアの視線を外せなくさせる。このままではなにかに搦《から》め捕られてしまうような危機感に駆《か》られ、アメリアは咄嗟《とっさ》に手で触《ふ》れたもので自分を覆った。

「…………かくれんぼのつもりかい？」

布越《ご》しに、呆《あき》れたようなくぐもった声がかかる。手で触れたものは、窓にかかるカーテンだった。豪奢《ごうしゃ》な城に相応《ふさわ》しいビロードの布だ。古く所々破れていても、感触《かんしょく》は未《いま》だ滑《なめ》らかさを保っているのはさすがだった。

「アメリア。ひとつ教えておこう」

「……はい？」

「そんな抵抗《ていこう》は、男を調子づかせるだけだよ」

ふと、ビロード越しに何かが頬を辿《たど》る感触がする。ユージンの指だと気付き、体が緊張《きんちょう》で強張《こわば》った。指先はアメリアの唇《くちびる》を捉《とら》えた。変に動かすこともできず、ひたすら目を瞑《つぶ》って耐《た》える。

やがて、諭《さと》すような声が上がった。

「男をからかうとこうなる。分かったら、もう少し行動を改めなさい」

アメリアはカッと顔を赤らめた。羞恥心《しゅうちしん》ではなく、怒りで。

「全部私の本当の気持ちです！　からかったんじゃありません！」

我慢《がまん》できずにビロードのカーテンから顔を出す。ユージンが驚いたように目を見開いていた。

いつもこうだった。アメリアが勇気を持って一歩近づくたび、ユージンはやんわりと退《ひ》いてみせる。そして冗談《じょうだん》交じりや大人の諭すような口調で、うやむやにしてしまうのだ。

だがそれでは、いつまで経《た》ってもユージンの心に近付けない。

「今度は、伯爵の気持ちを教えてください。……わ、私の、伯爵への信頼が迷惑《めいわく》なら、そう言っ……」

最後まで言葉は言わせてもらえなかった。カーテンに包まれたまま、強く抱《だ》き締《し》められたからだ。熱い吐息《といき》が耳を嬲《なぶ》る。

「……君はなにも分かっていない」

苦悩《くのう》に塗《まみ》れた声だった。

「私の傍《そば》にいることが、こうして腕の中でじっとしていることが、どれほど危険なことか理解していない。分かっているのか？　今この瞬間にも、私は君の首筋に牙《きば》を突《つ》き立てるかもしれないんだ」

アメリアの体がビクリと震《ふる》えた。恐怖《きょうふ》ではない、酩酊《めいてい》にも似た感覚だった。

「君の血など飲みたくない」

ユージンは言う。

「私の心を揺《ゆ》らさないでくれ。私は身の内に獣《けもの》を飼っている。君が近付くほどに、どんどん御《ぎょ》し難《がた》くなるんだ。他《ほか》の人間ならいくらでも耐えられる。だが、君はだめだ」

抱き締める腕の強さが増す。拒絶《きょぜつ》の言葉なのに、ひどく甘く聞こえるのはなぜだろう。

「君は私に感謝していると言ってくれた。感謝しているから、この腕から逃《に》げないのか。君を、バーンズ家から救ったから？」

感謝？　確かにアメリアは、ユージンに感謝していた。カンパニュラを贈《おく》ったのは、言葉に出来ないほど溢《あふ》れたその気持ちを少しでも伝えたかったからだ。だがアメリアが今ユージンから離《はな》れないのは、恩を感じているからではない。彼が人の血を飲むわけがないと、高をくっているのでもない。

自分の心の奥深くにある思いを、アメリアは一生懸命《いっしょうけんめい》探《さぐ》ろうとした。彼を想《おも》う時、いつも胸が痛くなる。苦しくなる。他の人では決してならない、これは、何だろう？

「もしそんな理由で動かないのだとしたら、君は愚《おろ》かだ。感謝の心など、自分の命と天秤《てんびん》にかけるまでもないだろう」

焦燥《しょうそう》を募《つの》らせるユージンを、アメリアはゆっくりと見上げた。緊張に震えながら、彼の腕にそっと手を添《そ》える。自分はこれからなにを言おうとしているのか。はしたない、恥《は》ずかしい。様々な葛藤《かっとう》が湧《わ》き上がるが、今、自分を獣だなんて言う、目の前の人に伝えたい。

「あ、あなたの、……っ、傍にいられるのが、嬉《うれ》しい、から。それじゃ、理由になりませんか。秤《はかり》にかける価値に、なりませんか？」

ユージンは驚愕《きょうがく》に目を見開き、咄嗟になにか言いかけ、言いあぐねて、最後は俯《うつむ》いた。

「伯爵？」

「………君は本当に時々向こう見ずになる。なんだその台詞《せりふ》は。絶対他の男に言うな」

やがてそう口にして、ユージンは困り果てたようにアメリアの肩に額を押し当てた。

アメリアはおずおずと、彼の背中に手を回そうとした。だが、ユージンが体を退く方が早い。

「警告はした。――頼《たの》む。私をこれ以上、人でなしにしないでくれ」

離れていくユージンの顔は俯いていて、表情を窺《うかが》い知ることはできない。背中を向けて立ち上がるユージンを見上げながら、アメリアは自分の胸元《むなもと》をぎゅっと握《にぎ》りしめた。

体中指の先まで巡《めぐ》るこの思いは、感謝の思いなどではない。今、はっきりと分かった。一緒《いっしょ》にいるといつも心臓がドキドキして、いっそ離れていれば平穏《へいおん》だと分かっている。だが、それでも傍にいたい。近づきたい。顔を見ていたい。この思いに名前を付けるとしたら、それは恋《こい》だった。

いつからなんて分からない。アメリアはこの吸血鬼《きゅうけつき》に、恋をしていた。

二手に分かれたアメリア達だったが、結局手がかりは見つけられずに城の書斎へと集まっていた。書斎には壁一面に本棚《ほんだな》が設置されており、全員で本を調べることにする。

「ここに手がかりがなければ、今度は城の外を見てみるべきだな」

ロイドが本をパラパラと捲《めく》りながら、難しい顔で言う。

「はあああ。こんなに本があって、全部読んだんですかね」

ずらりと並び、一分の隙《すき》もないほど本で埋《う》め尽《つ》くされた棚を見て、テッドが信じられないとばかりの声を上げた。ずっと本を調べ続けてきて、集中力も消えかかっている。

「ん？　これなんだろう……」

テッドが言いながら、書斎の壁にかけられた布を取り払《はら》った。

「暖炉《だんろ》ですね」

アメリアもテッドの肩越《かたご》しに覗《のぞ》き込む。白い大理石でできた、豪奢な暖炉だった。

「また薔薇《ばら》の花だな」

ぽつりと呟《つぶや》いたロイドの言葉に、アメリアは引っ掛《か》かりを覚え、振《ふ》り向いた。

「またって？」

「気付かなかったか？　この城、薔薇の花のモチーフが所々に施《ほどこ》されてるんだ」

ロイドの指差す先には、暖炉の周囲を囲むように、薔薇の蔓《つる》が伸《の》ばされている。蔓は暖炉の上から広がるように伸び、中央には薔薇の花が咲《さ》き誇《ほこ》っていた。

「そういえば、門にも薔薇がありましたね」

「廊下《ろうか》の壁紙《かべがみ》も、見ると薔薇だったりするんだ。ベッドやソファの脚にも彫《ほ》られてる。まあ、ワーズワース家の紋章《もんしょう》らしいからな。取り入れる気持ちは分かるが、どれだけ好きなんだか」

「紋章？」

「さっき調べた広間にひとつだけだが飾《かざ》ってあったのを見たんだ。たぶん、ワーズワース家の紋章だろう。別の家の紋章を飾るわけもないからな」

さすがは歴史学者、一族の歴史を感じさせるようなものは見逃《みのが》さないらしい。

「薔薇の花一輪を象《かたど》った珍《めずら》しい紋章で、しかも薔薇の色が赤でもなく、ううん……、灰色っぽいような、地味な配色だった」

記憶《きおく》を辿るように視線を空に飛ばしながら、ロイドが説明する。

話を聞きながら、アメリアの脳裏《のうり》に、歌の最後の歌詞が浮《う》かび上がってきた。

『無垢《むく》なる子よ　その手に愛を湛《たた》えよ
家へ掲《かか》げし銀の薔薇は　迷い路の先にある』

「家へ、掲げし……、薔薇……」

アメリアの呟きを拾ったユージンは、はっと顔を上げてロイドを見つめた。

「おいロイド。本はもういい、広間に行くぞ。紋章はどこだ？」

「は？　いきなりなんだ」

ロイドは訝《いぶか》しげな顔になったが、ユージンに次いでアメリアまで走り出すと、慌《あわ》てて後を追いかけてきた。

広間の右奥に、まるで目立たぬように飾られている刺繍《ししゅう》入りの旗は、額縁《がくぶち》に入れられて一見絵画のようだ。

「これ、灰色なんかじゃない。銀色なんだわ」

薔薇の花びら部分は、銀糸で幾重《いくえ》にも縫《ぬ》われている。年月の経過と汚《よご》れもあり銀の輝《かがや》きは消え、確かにまじまじと見ない限り灰色に見える。

「家へ掲げし銀の薔薇って、ワーズワース家の紋章を指すのね」

「薔薇が紋章で、城の所々に薔薇のモチーフを入れているなら、本物も作っている可能性はあるな」

横にいたユージンが、紋章を見上げながら言う。アメリアはユージンの横顔に視線を移す。

「もしかして、ワーズワース家で作られた薔薇が……、最後の材料？」

以前ユージンが言っていた、『ワーズワース家特有の何か』とは薔薇のことではないのか。

ユージンは頷《うなず》き、「城の外に出よう」と皆《みんな》を促《うなが》した。

城から出たアメリア達は、城から見て左手にある庭園に足を向けた。夜の暗闇《くらやみ》の中、薔薇の花を一生懸命に探すが、見当たらない。

いつの間にか庭の一番奥へ来た時、それは現れた。

「……なんだこれ。緑の壁《かべ》？」

テッドが目を瞬《また》かせながら、ランプの灯《ひ》を掲げる。

緑の壁、とテッドが評したのは、背の低い木々を壁のように刈《か》り取ったものだった。それは人一人が通れるほどの通路を挟《はさ》んで、壁として連なっている。

「迷路《めいろ》です、これ。貴族の庭園で遊びのためにこういうものを作るって、本で見たことがあります」

「歌詞に、『家へ掲げし銀の薔薇は　迷い路の先にある』とあったな。迷い路とはつまりこれか？」

ユージンの言葉に、アメリアは確信を持って頷く。

導かれるようにして、迷路へ足を一歩踏《ふ》み入れた時だった。

「──抜《ぬ》け駆《が》けとはひどい。我々も同行していいかな？」

声を聞いた瞬間《しゅんかん》、アメリアはユージンの背中に庇《かば》われる。

「……ディオン」

ユージンの低い声に、アメリアは目を見開いた。

ディオンは美しい微笑《ほほえ》みでもって、アメリア達に対峙《たいじ》していた。ディオンの後ろには、何十人もの人々が付き従っている。

アメリア達は今、完全に囲まれていた。

「どうしてここが分かった？」

「偽《にせ》の情報を掴《つか》ませるなんて、お前も意地が悪いね」

ユージンの問いには答えず、ディオンはそう言っておっとりと笑った。

「それにこの城も……、我々はずっと、ワーズワースの本拠地《ほんきよち》を知りたかった。まさか特殊《とくしゆ》な結界が張られているとは思わなかったよ。だが鍵《かぎ》は癒《いや》し子が開けてくれた、礼を言うよ」

アメリアは唇《くちびる》を噛《か》んだ。仕方のないこととは言え、吸血鬼達に対してかかっていた目くらましは、ワーズワースの血筋であるアメリアが城に入ることで、破られてしまったらしい。

「お前を招待するために、城を開けたんじゃない」

ロイドが低い声で、ディオンを睨《にら》みつけた。が、敵意むき出しの視線も、ディオンは気にもとめない。

「やあ、かくれんぼの上手な学者さん。私はね、君には同情しているんだよ？　君こそなんの関係もないのに、命を狙《ねら》われている。結婚《けっこん》する相手を間違《まちが》えたね、可哀想《かわいそう》に」

「俺は世界一いい女と結婚した。世界一可愛《かわい》い娘《むすめ》ができた。お前に憐《あわ》れまれる要素はひとつもないね」

断言するロイドは、どこか自慢《じまん》げですらある。

「むしろ、妬《ねた》んでくれてかまわない。お前のように人を人とも思わないような奴《やつ》には、到底《とうてい》得られないような幸せを手にしたんだからな！」

「――アメリア」

ふいに耳元で、密《ひそ》やかに呼ばれた。隣《となり》にいたユージンが早口で告げる。

「ここは私達に任せて、迷路の先へ行くんだ。テッドを一緒《いっしょ》に行かせるから、薔薇を取ってきてほしい」

アメリアははっとして、ディオンに視線を向けたままのユージンの横顔を見つめる。いつの間にか、テッドがユージンの隣に音もなく移動している。

「迷路の周囲にも、敵は潜《ひそ》んでいるかもしれない。だが決して怪我《けが》はするな。血は吸血鬼《きゅうけつき》達の理性を狂《くる》わせる。それと、薔薇を摘《つ》むのが無理だと思ったら、すぐに断念して戻《もど》ってくること」

「そんな」

「無茶はしないと、今ここで誓《ちか》ってくれ」

もどかしさが、喉元《のどもと》までせり上がってくる。ユージン達にとって、秘薬の材料はなんとしてでも欲しいはずだ。だが彼は、『絶対に持って帰ってこい』とは決して命じない。

だったら、自分で言うしかない。アメリアは両手に力を込めた。

「薔薇を持ってきます。——必ず」

言うなり、飛び込むようにして緑の迷路に体を滑《すべ》り込ませた。

それがきっかけとなり、戦いが始まる。振り向きたいのを必死で堪《こら》えて、アメリアはすぐに後からついてきたテッドと共に、薔薇を目指して走り出した。

迷路の中は、当然ながら人の管理を離《はな》れて久しい。ゆえに、壁の原形はあっても、所々伸びてきた枝がアメリアの足や頬《ほお》に当たる。ちりっとした痛みを足に感じて、さっそく、怪我をするなという約束が破られてしまったことに気付く。

「……っ、テッドさん、ごめんなさい！」

後ろで、血の気配を感じているテッドに話しかける。血への衝動《しょうどう》を抑《おさ》えることは、拷問《ごうもん》のようなものだろう。

「俺は大丈夫《だいじょうぶ》ですから！　アメリア様こそ、血を流した状態で、いつ襲《おそ》ってくるか分からない吸血鬼が護衛なんて怖《こわ》いでしょう？　すみません」

本当に申し訳なさそうなテッドの声に、アメリアは顔を歪《ゆが》めた。ユージンといいテッドといい、アメリアを怖がらせたい人ばかりのようだ。振《ふ》り返って反射で怒鳴《どな》る。

「テッドさんが恐《こわ》いわけないって何度言えば分かるんです！　怒《おこ》りますよほんと！」

「……アメリア様が、怒ってる……」

目を丸くしたテッドが視界に映った。

「そうです。怒ると恐いですよ、私。テッドさんなんかより、伯爵《はくしゃく》より、ずっと恐いんだから……！」

「……はは。こりゃ、ユージン様が勝てないわけだ」

どこか眩《まぶ》しいものでも見るように、テッドが目を細めて笑った。その瞬間、テッドの背後に人影《ひとかげ》が見えた。アメリアが叫《さけ》ぶ前に、テッドは気配を察して振り向き、持っていたナイフで敵の攻撃《こうげき》を防ぐ。だが、またその後ろには、別の敵の姿が見えた。

「アメリア様！　俺はここで食い止めておきますから、早く先に行ってください！」

アメリアは、テッドのもとに駆《か》け寄りたい衝動を必死で堪えた。アメリアが加勢したところで、テッドの邪魔《じゃま》になるだけだ。

唇を噛みしめ、アメリアは一人になって迷路の先を進んだ。

入り組んだ狭《せま》い通路と、同じような風景が続くと、時間の経過もよく分からなくなってくる。だが、ゴールが近いことは感じ取った。芳《かぐわ》しい薔薇《ばら》の香《かお》りが漂《ただよ》ってきたからだ。

迷路の先にあったもの、それはローズガーデンだった。

「……なに、これ……」

アメリアは呆然《ぼうぜん》と、咲《さ》き誇《ほこ》るその薔薇に近付いた。

指先が、優美な曲線を描《えが》く花びらに触《ふ》れる。固い造花の感触《かんしょく》ではない、瑞々《みずみず》しさを感じさせる花びらは、本物の植物であることをアメリアに教える。

赤でもピンクでも黄色でもない、見たことのない色を纏《まと》った薔薇。

「銀色……。信じられない」

アメリアが目にしている薔薇すべてが、銀色に淡《あわ》く輝《かがや》いていた。どうやってこんな薔薇が育つのか分からない。夢でも見ているような、現実みを失った光景に言葉を失《な》くす。

だが、耳が遠くで争うような声や音を聞いた瞬間、本来の目的を思い出した。迷路の外やテッドのところでは、まだ戦いが続いているのだ。

アメリアは胸元《むなもと》から、小瓶《こびん》を取り出した。大事に持ってきたそれには、リコリスの蒸留水に入れられた、ラベンダーの花とタイムが入っている。歌の意味の通りに準備したものだった。

アメリアは小瓶の蓋《ふた》を開け、銀の薔薇の花びらを一片《ひら》摘み取った。

最後の歌詞が、アメリアの脳裏《のうり》を駆け抜ける。

『無垢《むく》なる子よ　その手に愛を湛《たた》えよ
家へ掲《かか》げし銀の薔薇は　迷い路の先にある』

——その手に、愛を湛えよ……。

小瓶の中に花びらを落とす。そしてアメリアは小瓶を両手で包み込み、目を瞑《つぶ》って祈《いの》った。

愛を湛えよ、という歌詞が、心にゆっくりと落ちてくる。

オルブライト伯爵家の人々を助けたい、それは愛だろうか。苦しまないでほしい、太陽の下を思いきり歩いてほしい、食べるという行為《こうい》から、苦痛を取り除きたい。この気持ちを愛と言うなら、アメリアは両手に溢《あふ》れそうなほど持っている。

ワーズワース家の最後の生き残りだから。秘薬の調合を継承《けいしょう》しなければいけないから。……そんな崇高《すうこう》な使命感はこれっぽっちもない。アメリアはただ、身近にいる大切な人達を助けたいと思うだけだ。

笑いながら、太陽に照らされた花々を一緒に眺《なが》めて、昼には皆《みんな》で、料理長の作ってくれたサンドイッチを食べる。これがアメリアの願う風景だ。

——助けたい。助けさせて。もしも私に力があるなら。私の心を救ってくれた彼らを、今度は私が救いたい。

瞼《まぶた》の裏が、白く光った。目を開けると、小瓶の中身が、銀色の液体に変わっている。

確信した。薬が、完成したのだ。

「……っ、伯爵……！」

思わず口をついて出たのは、ユージンのことだった。誰《だれ》よりもなによりも一番に、彼に完成したことを告げたい。

アメリアは踵《きびす》を返しかけ、ギクリと体を固めた。誰かがローズガーデンに入ってくる。思わず身構えたが、すぐに体の力を抜《ぬ》いた。

「スージーさん！」

「アメリア様！」

入ってきたのはスージーだった。アメリアを見て、ほっと表情を緩《ゆる》ませる。

「良かった……！　無事だったんですね！」

「ええ。でもスージーさん、どうしてここに？」

スージーは屋敷《やしき》で待機していたはずだ。

「ユージン様に危険が及《およ》ぶと、すぐに屋敷に連絡《れんらく》が来る手筈《てはず》になっていたんです。他《ほか》の待機組も、ここに来ていますよ」

つまり、加勢するようにと連絡を受けて、ここに来たということだろうか。

「アメリア様、それ」

アメリアが手に持っていた小瓶に、スージーの視線が吸い寄せられる。

「もしかして、完成したんですか？」

「ああ、そうなの！　だからすぐに伯爵の所に戻らないと——」

「アメリア、スージーから今すぐ離れろ！」

駆け込んできたユージンの声を聞いた時には、すでにスージーの手によって小瓶は奪《うば》われていた。

それだけではない、スージーは素早《すばや》くアメリアの後ろに回り、首筋にナイフを翳《かざ》している。

「動かないで」

「……スージーさん……？」

「ユージン様も、近づかないでください。彼女の血は見たくないでしょう？」

ユージンが、険しい表情でその場にとどまった。後ろには、苦しそうなテッドの顔もある。

「スージーさん、あの、何して……」

呆然と言葉を紡《つむ》ぐアメリアを、スージーは憐《あわ》れむような眼差《まなざ》しで見た。

「信頼《しんらい》なんて、身を破滅《はめつ》させるだけですよ、アメリア様」

「——その通り。人を信じることの、なんと愚《おろ》かなことか。ワーズワースの癒《いや》し子よ、自らの命でもって思い知るといい」

ディオンが、ユージン達が来た道とは別の場所から、ゆっくりとこちらに向かってくる。ユージン、ディオン、そしてアメリアを人質《ひとじち》にしたスージーという構図になっていた。

「スージーに監視《かんし》をつけて屋敷に置いてきたらしいが、相変わらず手ぬるいね、お前は。鍵《かぎ》でもかけて閉じ込めておくべきだったんだ」

ユージンに向かって、ディオンが蔑《さげす》むように口元を引き上げた。

「スージー、薬を寄越《よこ》しなさい」

ディオンが差し出す手に、スージーはアメリアを拘束《こうそく》したまま小瓶を渡《わた》した。

「だめ！　どうして渡すのっ、スージーさん！」

アメリアが慌《あわ》てて前に出ようとするが、スージーが首にナイフを突《つ》きつけているために動けない。

「ふうん、これがワーズワースの秘薬か」

小瓶をゆっくり揺《ゆ》らした後、ディオンがなんのためらいもなく小瓶を地面に叩《たた》き落とした。

銀色の液体が、無残に土に染《し》みていく。ユージン達の希望である薬が、消えてしまった。

「どうだ？　裏切り者にも情けをかける、これがお前達の辿《たど》る末路だ」

ディオンは勝ち誇ったような笑《え》みをユージンに見せた。

「裏切り者……？」

意味が分からず問いかけると、背後から抑揚《よくよう》のない声が響《ひび》いた。

「……そうです。私はオルブライト家で働きながら、食糧《しょくりょう》である動物の血の運搬日《うんぱんび》をディオン様に教えていました。我々が血に飢《う》え、あなたが屋敷を飛び出した時も、わざと屋敷の鍵を開けて見張りを誤魔化《ごまか》し、あなたが外に出やすくした」

混乱する頭の中で、屋敷を飛び出した時のことが浮《う》かんできた。アメリアの姿を見るなり、苦しそうにしていたスージーの姿。

――全部、わざとだった？

アメリアは、後ろを振《ふ》り返りたい衝動《しょうどう》を堪《こら》えた。首筋に当たるナイフの刃《は》は、より強くアメリアの頸動脈《けいどうみゃく》へと押し付けられる。

スージーの声は続く。

「イーストエンドのパブにあなた達がいると密告したのも私です。……もう分かったでしょう？　私はディオン様の言ったとおり裏切り者なんです」

ユージンの顔が険しくなったのが分かる。監視をつけたと言っていたディオンの言葉から察するに、ユージンはどこかの段階で、スージーを疑っていたのだろう。そしてこの城へは連れてこなかった。

「どうして、こんなこと」

「彼女は最初から我々の仲間だからだ。そうだろう？」

答えたのはスージーではなくディオンだった。スージーは何も言わない。それが彼女の無言の抵抗《ていこう》のような気がして、アメリアは声を上げた。

「スージーさんがしたことが本当でも、絶対になにか理由があるはずです。教えてください、スージーさん！　私は他の誰の言葉でもなく、あなたの言葉を信じます」

「私なんかを信じるのも、庇《かば》うのも愚かなことです。おやめくださいアメリア様」

ナイフを持つ手が微《かす》かに震《ふる》えたことに、向けられているアメリアだけが気付いた。

「――『私なんか』って言わないで」

本当は瞳《ひとみ》を見て言いたい。なぜならスージーは、目を合わせて言ってくれたからだ。以前アメリアが『私なんか』と言った時、スージーがくれた言葉が甦《よみがえ》る。

「私はおしゃれで明るくて、思ったままを言ってくれる優《やさ》しいスージーさんが好きです。だからそんな風に、自分を貶《おとし》めるようなことは言わないでください」

「……っ、優しいのも全部、計算で近づいただけよ！　お人好《ひとよ》しで世間知らずなあなたを利用しただけだって、どうして分からないの？」

怒《いか》りに満ちた声が、アメリアの耳を容赦《ようしゃ》なく打つ。――計算。利用。

「でも……、でも、私は嬉《うれ》しかったです……」

だが、アメリアの口から出たのは、素直なその気持ちだけだった。

なぜかユージンが、アメリアの言葉に目を見開いている。

「初めて、女性の友人ができたみたいでした。ドレスの話をしたり、恋愛《れんあい》小説の話で盛り上がったり、毎日スージーさんと話すのが楽しかった。そう感じた私の気持ちは、私だけのものです。人に作られた偽物《にせもの》でもない、強制されたものでもないです」

「……やめて」

「スージーさんこそもうやめてください。これ以上、自分の心を傷つけないで」

「何をしてる？　スージー。ワーズワースの最後の生き残りを殺すんだ！」

ディオンの激しい叱咤《しった》の声が響いた。だがスージーは、時が止まったかのように動かない。

「妹がどうなってもいいのか？」

だが、続けてディオンが発した言葉に、スージーが動揺《どうよう》したようにナイフを動かした。

「痛っ……！」

ナイフの刃先が、動かした拍子《ひょうし》にアメリアの皮膚《ひふ》を薄《うす》く切る。

「そうだ、殺せ！」

「やめろ、スージー！」

急《せ》かすディオンの言葉と、止めようとするユージンの声が重なった。

アメリアは、意を決して後ろを振り返った。傷が深くなろうが構わない。スージーの顔を今、どうしても見たい。

スージーの瞳が、アメリアの瞳と重なり合う。スージーは子供が泣くのを一生懸命《いっしょうけんめい》堪えているような、そんな表情をしていた。

「スージーさん」

一言そう告げた途端《とたん》、スージーはアメリアを前へと突き飛ばした。気付いたユージンが、すぐさまアメリアを捕《つか》まえ、腕《うで》に囲う。

「！　なにをしている、スージー！」

「できません！　妹とアメリア様の命を天秤《てんびん》にかけるような真似《まね》は、できません……！」

できない、と繰《く》り返して、スージーはその場で顔を覆《おお》ってしゃがみ込んだ。

「役立たずが……！」

ディオンは憎々《にくにく》しく吐《は》き捨てた後、スージーに向かって手を振り上げた。だが、その手が振り下ろされることはなかった。テッドがスージーの前に立ったからだ。

「おい！　泣くなら安全な場所に行って泣け！　この馬鹿《ばか》！」

テッドが背中越《ご》しに怒鳴《どな》る。スージーは目を真っ赤にして、呆然《ぼうぜん》とテッドを見ている。

「なんで、……助けてくれるの」

「仲間だからだろ！」

「だって、私は」

「――仲間だよ、スージー」

混乱する場を収めるのは、いつだってこの声だった。ユージンが、よく通る声音《こわね》で語りかける。

「お前は今でも私達の仲間だ。アメリアを助けてくれて、ありがとう」

ユージンはそう言って、アメリアの肩《かた》を強く抱《だ》いた。

「ユージン様……」

「おい、ユージン！　俺の娘《むすめ》に気安く触《さわ》るな！」

スージーが何かを言いかけた時、ユージンの後ろから声が近付いてきた。走ってきたのはロイドで、アメリアとユージンをべりっと引き剝《は》がす。

「油断も隙《すき》もないな、全く！」

「ロイド。そんなことより首尾《しゅび》はどうだった？　早く言え」

「ふん。『保護は完了《かんりょう》しました』だと」

ロイドの言葉を聞いた瞬間《しゅんかん》、ユージンが笑みを浮かべた。人の上に立つ人間がする、ついていきたいと思わせる自信に満ちた笑みだ。

「スージー。今、仲間から連絡《れんらく》がきた。ディオンに捕《と》らえられていたお前の妹は、私達が保護した。もう安心していい」

「え……」

「これ以上、意に沿わぬ命令を聞く必要はないよ」

「ほ、本当に……？」

ほろりと、スージーの大きな瞳から涙《なみだ》が滑《すべ》り落ちる。

ディオンのもとにも情報が入ったのだろう、手下であろう一人の男が彼に近付き、耳打ちするのが見える。

「ユージン、貴様……」

「スージーはお前の仲間などではない。彼女の大切な妹を監禁《かんきん》して人質《ひとじち》にし、従わせていただけだろう」

それがスージーの、裏切りの理由だった。

「スージーが外部に情報を漏《も》らしていると気付いてから、その理由についても調べた。監禁場所を特定するのに手間取ってしまって、こんなに遅《おそ》くなってしまったが。……すまない、スージー。お前の苦しみを、長引かせてしまった」

ユージンは裏切られたと分かってもなお、スージーを信じていたのだ。なぜ裏切るのか、事情があるのではないかと調べたことが証《あかし》だ。

スージーはユージンの言葉に激しく首を横に振《ふ》った。

「いいえ！　ユージン様が謝ることはひとつもありません！　謝るべきは私です。どうすれば許してもらえるのか分からないほど、私は罪深いことをしました」

「そうだ。この女、いつまた裏切るか分からないぞ。それでも仲間と言うのか、ユージン」

ディオンの言葉が鋭《するど》い切っ先のように、スージーの胸を抉《えぐ》ったのが分かった。彼女は何も言えずに唇《くちびる》を噛《か》む。

「……っ、そうです、裏切ったことは消えません」

「もう裏切らなければいい」

「…………」

「お前は裏切らない。私は信じる」

真っ直《す》ぐにスージーを見つめるユージンの瞳は、どこまでも強く真摯《しんし》だった。

信じるという行為《こうい》は、実はとても難しい。人の心は気まぐれで移ろうものだ。相手の言葉や態度、その時の取り巻く状況《じょうきょう》が、『信じ続ける』という行為を困難なものにさせる。

裏切られ、傷付けられるかもしれない恐怖《きょうふ》と常に戦い、心にひとつの芯《しん》を持つ。そういう人間が、人を信じることができ、そして人から信じてもらえるのだ。

人を信じる強さを持つユージンは、裏切られても信じる心を捨てない。だからスージーは、彼に信頼《しんらい》を寄せるのだろう。だから屋敷《やしき》の人々は、ユージンを心から慕《した》うのだ。

──弱くて、でも強い人。

精悍《せいかん》なユージンの横顔を見つめながら、アメリアは目の前の人を眩《まぶ》しく思う。眩しくて、でも目が離《はな》せなくて、胸が苦しくなる。

「──お前達のままごとのような友情ごっこに付き合うのはうんざりだ」

ふいに聞こえた声にはっとする。

ディオンが、凍《こご》えるように冷たい眼差《まなざ》しを浮《う》かべていた。

「ワーズワースの生き残りを殺せなかったのは残念だが、もうひとつの目的は果たさせてもらう」

アメリアは怪訝《けげん》な声を上げた。

「目的なら果たしたでしょう！　せっかく作った薬を捨ててしまったわ！」

「そう、薬だ。癒《いや》し子よ、私はお前がユージンの屋敷にいた時、スージーにお前の命を奪《うば》うよう命令したことは一度もない。なぜか分かるか？　お前に、ここに案内してほしかったからだ」

「……ここに？」

「吸血鬼《きゅうけつき》を人間に戻《もど》すなんて、忌《い》ま忌ましい所業をやってみせる一族だ。一族自身の力に加え、薬の元になる材料もまた、我々の脅威《きょうい》だった」

ディオンは自身の優美な手をついと上げ、近くに咲《さ》いている銀の薔薇《ばら》をなぞった。

「一族を根絶やしにしても、彼らが作った材料がこの世にある限り、本当の意味で安心できない。ワーズワース家の人間でなくとも、この薔薇が効力を発しないと誰《だれ》が証明できる？　これは人間が作れるものではない。ワーズワースの一族だから作れた未知の薔薇だ。どんな力を秘《ひ》めているのか計り知れない」

ディオンの冷たい眼差しが薔薇に向けられたその瞬間、アメリアはディオンの言う『もうひとつの目的』を悟《さと》った。

「――燃えて灰となればいい、こんなもの」

ふいに、ローズガーデンが明るく照らされた。いつの間にか薔薇の周囲に散らばったディオンの手下達が、一斉《いっせい》に薔薇に火を放ったのだ。

「やめて！」

瞬《また》く間に薔薇に火が移っていく。火を消そうにも、ディオンの手下達が薔薇の周りを固めているため、前に行くことができない。十分に燃え広がるまで、アメリア達を阻止《そし》するつもりなのだ。

だからといって諦《あきら》められない。ユージン達が人間に戻るためには、絶対に失えないものなのだ。他《ほか》の材料は簡単に手に入っても、この薔薇はここにしかない。薔薇を失うということは、薬を永遠に失うことだ。

ユージン達が、薔薇を守ろうと戦い始める。アメリアはなんとか薔薇に近付こうとするが、熱風が頰《ほお》を嬲《なぶ》り、進むことを拒《こば》む。

「ふ、……ははっ、こんなに必死になって、滑稽《こっけい》なことだ。いい余興だよ」

蔑《さげす》むようなディオンの言葉を耳にした途端《とたん》、アメリアの胸の中に熱いマグマにも似た感情が湧《わ》き上がる。

――諦めたりしない！　こんな人の、思い通りになんかさせない！

アメリアは猛然《もうぜん》と薔薇に向かって走り出す。熱い、火傷《やけど》をするかもしれない。だが火傷がなんだと言うのだ。眼前に迫《せま》る炎《ほのお》が恐《こわ》い。恐いのは、ユージン達が、大切な人達が笑えなくなることだ。痛い。痛くない！　苦しい。苦しいのは今、ここで諦めた時でしょう！

恐《おそ》ろしさと、それを捻《ね》じ伏《ふ》せようとする気持ちが行ったり来たりを繰《く》り返す。それでも、恐怖より怒《いか》りの方が僅《わず》かに勝った。薔薇に手を伸《の》ばそうとする。

「――何をしている！　死ぬ気か！」

だが、アメリアを止めたのはユージンだった。腕《うで》がちぎれそうな強さで引っ張られ、薔薇から遠ざけられる。美しく精悍な顔に、煤《すす》が付いていた。青い瞳《ひとみ》はぎらぎらと、怒りに燃えている。

「薔薇を守らないと！」

「それで君が死んだら意味がない！　やめろ！」

「離してください！　離して！」

「……っ、君の命を犠牲《ぎせい》にしてまで、薬がほしいわけじゃない！」

アメリアは暴れるのをやめ、ユージンを見上げた。互《たが》いの荒《あら》い息遣《いきづか》いだけが聞こえる。

――夜の庭園。

いつかの夜の出来事が、ふいにアメリアの脳裏《のうり》を過《よ》ぎった。屋敷の庭園を二人で散歩したことがあった。アメリアはユージンに、マーティンの作り上げた薔薇について説明した。

瞬間、閃《ひらめ》くものがある。

アメリアは僅かに力の弱まったユージンの腕を振り払《はら》った。

「――信じて！　すぐ戻りますから！」

ユージンの顔も見ずに走り出し、燃える薔薇達に近付いて手を伸ばす。火を振り払いながら、適した部分を見つけ出そうと必死になった。息をする度《たび》、煙《けむり》が気管に入って激しく咽《むせ》る。空気が上手《うま》く入っていかなくて、半ば酸欠状態だった。

アメリアは火傷も構わず薔薇の枝を折る。薔薇自体はすでに燃えて砂のように朽《く》ちてしまったが、折った枝の断面の中央は白く、その周囲は淡《あわ》い緑色だ。――まだ死んでいない。まだ生きている。

アメリアは枝を守るように抱《だ》き締《し》める。すると腰《こし》に手を回された。見るとユージンで、アメリアを追って来てくれたのだろう。

もう大丈夫《だいじょうぶ》だ、と思ったのが、アメリアの最後の意識だった。自分は今、世界一安心できる場所に囲われている。ゆっくりと目の前が、暗転した。


「あのー、スージーさん。私もう大丈夫ですから、庭に行ってもいいでしょう？」

「は？　何をおっしゃってるんですか、だめに決まってるでしょう！」

スージーが、憤慨《ふんがい》した様子で腰に手を当てる。アメリアはうう、と首を竦《すく》め、未《いま》だベッドから下りることも許されない身を持て余していた。

ワーズワースの城に行った日から、七日が経《た》っていた。

戦いの最中で気を失ってしまったアメリアが次に目を覚ましたのは翌日の夜、屋敷の自室のベッドの上だった。

そこでアメリアは、ユージン達から事のあらましを聞くことになる。ディオン達が城から逃《に》げたこと、その後ローズガーデンの消火を行ったが間に合わなかったこと。

保護されたスージーの妹は、体力は消耗《しょうもう》しているようだったが怪我《けが》はなかったという。だがスージーが、妹に会うことはできなかった。スージーの妹は、吸血鬼ではなく人間だからだ。年齢《ねんれい》は八十歳を超《こ》えており、姉であるスージーは病気で亡《な》くなったと両親に教えられていたという。永遠を生きる吸血鬼は時を止めており、対して人間はどんどん老いていく。そんな哀《かな》しさにどうしても顔を曇《くも》らせてしまうが、スージーは「妹が無事ならそれでいい」と穏《おだ》やかな笑《え》みを見せた。

最後にユージン達に大きな怪我をした者はいないと言われてほっとすると、アメリアはすぐにまた寝《ね》かされて、二週間の安静を言い渡《わた》された。ユージンいわく、アメリアが一番の大怪我だったらしい。所々火傷を負い、煙を吸ったことで意識を失っていたと聞かされた。

ユージンはアメリアの世話を、スージーに任せた。スージーはユージンの信頼に応《こた》えるべく、それは甲斐甲斐《かいがい》しく世話をしてくれたが、過保護すぎてアメリアは一歩も部屋から出られない。

こうして七日間は我慢《がまん》したが、さすがに部屋にいてばかりでは暇《ひま》だ。

「元気なのに、私……」

「そうおっしゃらないでください。アメリア様が目を覚ますまで、ロイド様は言うに及《およ》ばず、ユージン様がどれほど心配していたことか。眠《ねむ》るアメリア様の手を離さなかったんですよ」

アメリアは顔を赤くする。記憶《きおく》がない分、ますます恥《は》ずかしいような心地《ここち》にさせられた。

「私も心配していました。……そんな資格は、ないのかもしれませんが」

スージーが痛ましげにアメリアの首筋を見やった。彼女の手によって付けられた傷は、包帯で隠《かく》されている。

「もう痛くないですし、痕《あと》も残らないってお医者様も言っていました」

だから気にするなと言っても、スージーは決して首を縦には振《ふ》らない。だが、今のスージーは悔《く》やむばかりの女性ではなかった。

「包帯が取れるまでは、首元を隠したドレスにしましょう。ああ、野暮《やぼ》ったいデザインではないのでご安心ください。アメリア様を引き立てるドレスばかりですから」

本来のスージーの明るさが垣間見《かいまみ》えて、アメリアも嬉《うれ》しくなる。「楽しみにしてます」と言い添《そ》えて、やはり視線はドアに行ってしまう。

「庭の薔薇が気になりますか？」

心配を言い当てられて、アメリアは苦く笑った。

「マーティンさんがちゃんと管理してくれてるって、分かってはいるんですけど」

この七日間、アメリアが一度だけ部屋を出たことがある。それは、アメリアが決死の思いで摘《つ》んできた銀の薔薇《ばら》の枝を、接《つ》ぎ木するためだった。

接ぎ木。薔薇を増やすその方法を思い出したのは、ユージンに止められた時だった。薔薇の花が燃えても、もしかしたら可能性があるかもしれない。アメリアは接ぎ木に賭《か》けて、火の中に飛び込んだ。

持ち帰った枝を自分の手で接ぎ木したいと言い、マーティンに教えられながら行ったのだ。

「今のところ順調らしいですね。このまま薔薇が根付いて花が咲《さ》けば、薬が作れる……」

夢見るようなスージーの表情に、夢になんかさせないと再度決意を新たにする。

「必ず薔薇を咲かせますから。……ですからその、庭にちょっとだけ行っちゃだめですか」

「だめです」

ニッコリ笑うスージーの鉄壁《てっぺき》さに、アメリアはもう眉《まゆ》を下げることしかできなかった。


一方、ユージンの書斎《しょさい》では、ロイドのねちねちした声が響《ひび》いていた。

「ああ。可愛《かわい》い娘《むすめ》の顔を見て癒《いや》されたい」

「…………」

「こんないけすかない顔の好色野郎《やろう》なんて見ても、癒されるどころか苛立《いらだ》つだけだ」

「随分《ずいぶん》好き勝手言ってくれる。だったら出て行ってくれて一向に構わないんだが」

「アメリアがしっかり休めないって言ったのはお前だろうが。だから我慢してんだ」

ここでロイドがまさに不本意といった感じで言う。

書斎には、部屋の主《あるじ》であるユージンと、ソファにふんぞり返るロイドがいた。ユージンは書類に視線を走らせたまま、ロイドは天井《てんじょう》を睨《にら》みつけながら互いの悪口を言い合う。

「仕方ないだろう。お前はアメリアが倒《たお》れてから、『死ぬな』なんて恥《はじ》も外聞もなく号泣《ごうきゅう》しながら四六時中べったりだった。あんな調子では、アメリアはおちおち寝てもいられない」

ユージンは、目の前の男について再認識《さいにんしき》していた。この男は、実はとんでもない親馬鹿《おやばか》なのだ。アメリアはずっと父親の愛情を疑っていたようだが、そんな心配は最初から無用だった。思えばアメリアが赤ん坊《ぼう》の時から、『世界一可愛い』などベタ褒《ぼ》めしか聞いたことがない。

しかしユージンの呆《あき》れた言葉に、親馬鹿も黙《だま》ってはいなかった。

「アメリアの手をずーっと握《にぎ》ってたのはどこの誰《だれ》だったかねー？」

「…………仕方ないだろう。あの時は私も混乱していたんだ」

疑わしさを隠しもしない視線がユージンに向けられる。確かにあの時の自分の様子を見れば、父親であるロイドが怒《おこ》るのは無理もないかもしれないと内心苦く笑う。

アメリアが火の中に飛び込んでいくのを見て、心臓が凍《こお》りつくかと思った。周囲は汗《あせ》が滲《にじ》むほど熱かったのに、指先までもが冷たくなった。

火傷《やけど》を負い、煙を吸い込んだアメリアが気を失った時は恐《おそ》ろしかった。握った手を離《はな》したらもうアメリアが目を覚まさないような気がして、ロイドが何を言っても手を解《ほど》かなかった。

人間は儚《はかな》く、脆《もろ》い生き物だ。それをこんなにも痛切に実感したことはない。そしてアメリアの心がこんなにもしなやかで、強いものだとは思わなかった。

裏切りを告白した時に放ったスージーの言葉は、ユージンの言葉でもあった。

『優《やさ》しいのも全部、計算で近づいただけよ！　お人好《ひとよ》しで世間知らずなあなたを利用しただけだって、どうして分からないの？』

ユージンがアメリアにした仕打ちとなにも変わらない。

――彼女はきっと傷つくだろう。目を見開き、残酷《ざんこく》さに涙《なみだ》するのかもしれない。

そう、思っていたのに。

スージーの言葉に対して、アメリアが差し出したのは自分のありのままの心だった。ぶれることなく持ち続けている優しさを、ためらいもなくスージーに差し出した。

敵《かな》わない、とユージンは思った。この強く優しい人に、自分はきっと敵わない。胸を満たしたのは清々《すがすが》しい敗北感と、そして――。

「おい、ユージン」

ふとロイドが名前を呼び、二人の視線が合う。

「覚えてるか？　吸血鬼《きゅうけつき》に襲《おそ》われて絶体絶命って時に、俺を助けてくれたよな」

ユージンは記憶を呼び覚ます。ロイドと初めて会った時のことだ。ロイドはワーズワースの謎《なぞ》を追いかけて、吸血鬼に襲われていた。ユージンは薬の手がかりを知るためにロイドを捜《さが》し、彼を助けたのだ。

「お前を見て、他《ほか》の吸血鬼と違《ちが》うのは分かった。アメリアを託《たく》すとしたら、お前しかいないってどこかで思っていた」

初めて聞く話に、ユージンは目を見開く。

「んでもって、アメリアが年頃《としごろ》になって、お前と並ぶ光景を時々思い浮《う》かべてみたりもした」

その通りになっちまったなあ、とロイドが頭を掻《か》く。

「それは光栄だ。実際見てどう思った」

「悪夢だな」

間髪《かんはつ》を容《い》れずに言葉にされて、思わず噴《ふ》き出してしまう。

「だが、まだ薬は出来上がったわけじゃないだろう。あのディオンって吸血鬼も、アメリアが生きている限り命を狙《ねら》い続ける」

一転して険しい顔になったロイドに、ユージンも表情を引き締《し》めた。

「その通りだ。まだ、なにもかも解決したわけじゃない」

「……頼《たの》んだぞ、ユージン」

目的語のない ロイドの短い言葉の意味を、ユージンは正確に読み取って頷《うなず》いた。

秘薬が本当に出来上がるのかもまだ分からない。吸血鬼を人に戻《もど》すという、奇跡《きせき》を起こすのだ。問題は山積みだったが、隣《となり》にいるロイドや仲間達、そしてアメリアがいれば、必ず叶《かな》う、叶えてみせるとユージンは思った。

一週間後、アメリアはようやく庭へ出ることが許可された。

朝からスージーに選んでもらったドレスを着て、髪《かみ》を整えてもらう。

「アメリア様。お庭に行く前に、ユージン様から贈《おく》り物があるんです」

にこにこと笑《え》みを見せるスージーは、隠していたのだろう、廊下《ろうか》から花束を持ってきた。

泡《あわ》のような小さく細かい花をいくつもつけた白い花に、視線が吸い寄せられる。

「……これ。アスチルベかしら」

「へえ。そういう名前なんですか。珍《めずら》しい音の響きですね」

「庭の花じゃないですよね。この花は植えてないもの」

「その通り。ユージン様がわざわざ、この花を選んで買ってきたんです」

持って回ったような言い方をするスージーに、首を傾《かし》げる。スージーは、とっておきの秘密を披露《ひろう》するように、アメリアの耳元で囁《ささや》いた。

「この花を選ぶ前、私見ちゃったんです」

なにを？　と目を瞬《また》かせるアメリアに、殊更《ことさら》声を潜《ひそ》めてスージーが言った。

「ユージン様、一冊の本を読んでいたんです。本の表紙には、『花言葉』とありました」

「……え」

「その本を読んでから、ユージン様は花を買ったんです。……どうです？　調べてみますか、花言葉」

楽しそうに微笑《ほほえ》まれて、アメリアは動揺《どうよう》した。様々な考えが一気に頭を過《よ》ぎる。アメリアは一度、ユージンに花言葉から選んだカンパニュラを贈ったことがあった。

――あの時の、仕返しとか？

「べ、別にいいです。それに、花言葉は関係ないかもしれないじゃないですか」

「そうですか？　じゃあ私が調べてみますね。丁度今、花の名前も分かったことですし」

「いやっ、いいですよ！　調べなくていいですっ」

アメリアは慌《あわ》ててスージーを止めた。残念そうな顔をされてしまったが、「恥《は》ずかしいから！」と説明して最後には納得《なっとく》してもらった。

スージーが部屋から出て行くと、アメリアはさっそく机の上に花束を飾《かざ》る。可愛らしい花びらの連なりに笑みが零《こぼ》れた。

「そういえば、誰かに花を贈られたのって初めて」

自然と本棚《ほんだな》に視線がいった。『花言葉辞典』の背表紙が、やたらと浮き出て見えるのは気のせいではないだろう。

ふらふらと足が本棚に近付き、辞典を手に取る。ページを捲《めく》りそうになったところで、音を立てて本を閉じた。

「……やっぱり今はやめよう！」

ユージンがアメリアにどんな言葉を贈ってくれたのか、本当は物凄《ものすご》く気になる。いや、実は最初から意味など込められていないかもしれないが、それでも調べてみたくなる。

アメリアは誘惑《ゆうわく》を振《ふ》り切って辞典をベッドに置くと、部屋を出て行った。

――庭へ行って薔薇《ばら》の様子を確かめてこよう。

アメリアがやらなければいけないことは、秘薬を作り出すことだ。自分が出来ることを精一《せいいっ》杯頑張《ぱいがんば》るのだと、気持ちを新たにした。

初めて伯爵《はくしゃく》家にやって来た時、アメリアはなにもかも諦《あきら》めていた。自分の意思も、伝えるべき言葉も持っていなかった。だが今、庭に向かう足取りは力強い。下ばかりを見ていた目線は上がって、しっかり前を見据《みす》えている。

変われた自分を嬉《うれ》しいと思う。アメリアは今、自分の足で自分の人生を歩いている。誰に強要されたものでもない、アメリアが悩《なや》み、周りの人々に助けられながら選び取った道だ。

——辛《つら》くても怖《こわ》くても、折れずにちゃんと歩いて行こう。

どんな風にも負けない野花のように、しなやかに軽《かろ》やかに、アメリアは廊下を進んで行った。


アメリアが花言葉を知るのは、もう少し先の話。

今は彼女のベッドに残された辞典だけが、その答えを知っている。

アスチルベの花言葉は——『恋《こい》の訪《おとず》れ』。

あとがき

こんにちは。文野《ふみの》あかねと申します。

この度《たび》は『ワーズワースの秘薬』をお手に取ってくださり、ありがとうございます。

今回、大人っぽいお話を目指して書きました。いつにも増して恋愛《れんあい》色が強いかもしれません。主人公アメリアは今まであまり書くことのなかった女性像だったので、新鮮《しんせん》かつ色々思い悩《なや》んだキャラクターでした。対してユージンは脳内でたくさん喋《しゃべ》ってくれたため、彼のいるシーンはすらすら書けた思い出があります。すらすら書けたと言えば、アメリアとユージン、二人のやりとりのシーンもそうかもしれません。ユージンが言う台詞《せりふ》の数々に、反応して真っ赤になるアメリア、という図式が楽しく、止《や》め時が見つけられず困りました。ユージンにどんな台詞を言わせようか考え、それに切り返すアメリアの言葉や態度も、時々はユージンの意表を突《つ》く感じにしたい……、など考えていると、あっという間に時間が過ぎてしまいます。原稿《げんこう》中、一番楽しい時間でした。アメリアもユージンも、もちろん他《ほか》のキャラクターも、作者にとってとても愛着のある人達となりました。皆様《みなさま》にも気に入っていただければ幸いです。

キャラクター達に、命を吹《ふ》き込んでくださった山田《やまだ》シロ様。アメリアの、引っ込み思案ですが芯《しん》の強さがあるところを、余すことなく表現していただきありがとうございます。ユージンの美しさと滴《したた》るような色気については、もう何度うっとりラフを見たか分かりません。

担当様。担当様の手助けと支えがあって、この物語を作ることができました。原稿を読んで、「きゅんきゅんしました！」と電話してくださった時は、なにより嬉《うれ》しかったです。心から感謝しております。ありがとうございました。

編集部の皆様、校正者様、印刷所の皆様、本に携《たずさ》わるすべての方々に感謝いたします。一冊の本を作り上げる楽しさ、幸せの機会を与《あた》えていただきました。

家族の皆様。いつも優《やさ》しく見守ってくれて、ありがとう。

そしてこの本を手に取ってくださった読者の皆様に、最大の感謝を。この物語を読んで少しでもドキドキしていただければ、作者としてこれ以上嬉しいことはありません。

最後にもう一度、すべての方に感謝を。本当にありがとうございました！

文野あかね

「ワーズワースの秘薬 恋を誘う月夜の花園」の感想をお寄せください。
おたよりのあて先
〒102-8078 東京都千代田区富士見1-8-19
株式会社KADOKAWA 角川ビーンズ文庫編集部気付
「文野あかね」先生・「山田シロ」先生
また、編集部へのご意見ご希望は、同じ住所で「ビーンズ文庫編集部」
までお寄せください。

ワーズワースの秘薬《ひやく》 恋《こい》を誘《いざな》う月夜《つきよ》の花園《はなぞの》

文野《ふみの》あかね

角川ビーンズ文庫 BB87-11　20001

平成28年10月1日 初版発行

発行者——三坂泰二
発 行——株式会社KADOKAWA
〒102-8177 東京都千代田区富士見2-13-3
電話 0570-002-301（カスタマーサポート・ナビダイヤル）
受付時間 9:00～17:00（土日 祝日 年末年始を除く）
http://www.kadokawa.co.jp/
印刷所——暁印刷 製本所——BBC
装幀者——micro fish

ISBN978-4-04-104649-4 C0193 定価はカバーに明記してあります。

令嬢鑑定士と
画廊の悪魔
著：糸森 環
イラスト：宵マチ
「契約する。
私に飼われなさい」
—令嬢と悪魔、秘密の関係とは……
絵画好きの伯爵令嬢リズは、叔父の画廊の臨時管理人ジョンから「あんたをくれ」と告げられる。それは恋ではなく、リズの持つ“絵画に棲む悪魔を見抜く目”が必要だから。実は悪魔のジョンに契約を迫られたリズは!?

角川ビーンズ文庫

堀川さんはがんばらない
弓道入門
あずまの章
Sho Azumano
イラスト/ヤマダ
マイペース女子×天然男子の
胸キュン部活ラブ!
高校1年生、堀川伊与。帰宅部志望。周りの人よりちょっとだけやる気のない伊与だったが、体育館で弓を射る鉄矢と出会い、弓道の面白さに目覚めていって……?
甘酸っぱい、青春学園ストーリー!!
好評発売中!! 「堀川さんはがんばらない」

花に嵐 恋し君
あさば深雪
イラスト／アオイ冬子
前世の主従が今世で恋の絆を結ぶ、
平安風恋絵巻！
容姿も性格も地味な梓は男性恐怖症にもかかわらず、冷徹な「氷華の帝」の尚侍として宮仕えをすることに！　不安な気持ちで出仕した梓だったが、なぜか帝は彼女を見た瞬間、突然膝を折り、ひれふしてきて!?
好評発売中『花に嵐 恋し君　雪花舞う出逢い』以下続刊

第16回
角川ビーンズ小説大賞
原稿募集中!
Web投稿受付はじめました!
ここが「作家」の第一歩!
賞金 大賞100万円
優秀賞30万
奨励賞20万 読者賞10万
締切 郵送▶2017年3月31日(当日消印有効)
WEB▶2017年3月31日(23:59まで)
発表 2017年9月発表(予定)
審査員 ビーンズ文庫編集部
応募の詳細はビーンズ文庫公式HPで随時お知らせします。
http://www.kadokawa.co.jp/beans/
イラスト/宮城とおこ